G. Mayr

Beiträge zur Ameisen-Fauna Asiens

Antigonos

G. Mayr

Beiträge zur Ameisen-Fauna Asiens

Unveränderter Nachdruck der Originalausgabe von 1879.

1. Auflage 2024 | ISBN: 978-3-38673-762-3

Antigonos Verlag ist ein Imprint der Outlook Verlagsgesellschaft mbH.

Verlag: Outlook Verlag GmbH, Zeilweg 44, 60439 Frankfurt, Deutschland
Vertretungsberechtigt: E. Roepke, Zeilweg 44, 60439 Frankfurt, Deutschland
Druck: Libri Plureos GmbH, Friedensallee 273, 22763 Hamburg, Deutschland

Beiträge zur Ameisen-Fauna Asiens.

Von

Dr. Gustav Mayr.

(Vorgelegt in der Versammlung am 4. December 1878.)

(Aus den Verhandlungen der k. k. zoologisch-botanischen Gesellschaft in Wien [Jahrgang 1878] besonders abgedruckt.)

Die von Herrn Rothney bei Calcutta gesammelten und von Herrn Frederick Smith mir zur Bestimmung und Beschreibung freundlichst überlassenen Ameisen geben den Anlass zur Publication dieser Beiträge. Herr Smith war auch so gefällig, mir manche der von ihm aufgestellten Arten zur Ansicht mitzutheilen, wodurch es mir möglich wurde, Einiges zur Richtigstellung dieser Arten beizutragen. Hiedurch bin ich in der Lage, die Kenntniss der Ameisen Asiens, welche gegen die der anderen Erdtheile, trotz der vielen beschriebenen Arten, weit zurücksteht, etwas zu erweitern.

Camponotus ligniperdus Latr.

Diese Art findet sich in Sibirien und in Nordamerika in derselben Ausbildung wie in Europa, nur in Japan weicht sie nicht unerheblich ab, so dass ich zur Feststellung der Form eine Varietät *obscuripes* aufzustellen für zweckmässig halte.

Die Arbeiter haben immer dunkelbraune Beine und das erste Abdominalsegment ist bis auf einen schmalen oder mässig breiten dunkeln Querstreifen am Hinterrande immer, auch bei den kleinen Arbeitern, hell gelbroth oder mehr rothgelb gefärbt. Die geflügelten Geschlechter sind mir unbekannt.

Ich erhielt eine grössere Anzahl Stücke von Herrn J. Erber und ein Stück von Herrn F. Smith.

Camponotus marginatus Latr. (nec Oliv.)

Camp. vitiosus Smith, Transact. Ent. Soc. London 1874, p. 403.

Herr Fred. Smith sandte mir im Jahre 1873 einige Exemplare aus Japan zur Bestimmung, welche ich, da es nur kleine Arbeiter waren, die ich nicht sicher bestimmen konnte, undeterminirt liess. Ein Jahr später beschrieb sie Herr Smith als *Camp. vitiosus*. Seither erhielt ich viele Exemplare von

1

Camp. marginatus aus Nordamerika, worunter sich auch sehr kleine und verschieden färbige Arbeiter vorfanden, so dass ich nun die Identität derselben mit den japanesischen Stücken unzweifelhaft erkennen kann.

Camponotus mitis Smith.

Formica mitis Sm. Cat. H. I. Brit. Mus. p. 20.
Formica bacchus Sm. Cat. H. I. Brit. Mus. p. 21.

Ein typischer Arbeiter zeigt, dass *Formica mitis* der kleine Arbeiter von *Camp. bacchus* ist. *F. ventralis* Sm. ist wohl ohne Zweifel das Weibchen zu dieser Art.

Camponotus irritans Smith.

Formica irritans Sm. Cat. Br. M. p. 22.
Camponotus inconspicuus Mayr, Form. born. (Ann. Mus. Civ. Stor. Nat. Genov. 1872) p. 5 (135).

Zwei typische Arbeiter von *F. irritans* Smith aus Indien und Malacca zeigen, dass mein *Camp. inconspicuus* zu dieser Art gehört. Nach Smith's sehr lückenhafter Beschreibung war es unmöglich, diese Art zu erkennen.

Camponotus oblongus Smith.

Formica oblonga Sm. Cat. Br. Mus. p. 21.

Femina: Long. 11 Mm. Nitida, fusca, capite obscuriore, mandibulis, area frontali atque fronte sordide castaneis, thorace ad latera et pedibus testaceo-fuscis; dispersissime abstante pilosa, antennis pedibusque absque pilis abstantibus; dispersissime, brevissime et microscopice adpresse pubescens; dispersissime punctulata et microscopice coriacea (sublaevis), abdomine eodem modo transverse striolato; mandibulae subtiliter coriaceae punctis dispersis, septemdentatae; caput longius quam latius, antice paulo angustius quam postice; clypeus haud carinatus, margine antico transverso, utrinque emarginato; metanotum planitie declivi verticali, duplo longiore planitie basali; petiolus cum squama ovata, supra compressa.

Ein Weibchen aus Siam von Herrn Smith zur Ansicht.

Hervorzuheben sind noch die zerstreuten, eingedrückten Punkte, in deren jedem ein nur bei starker Vergrösserung sichtbares, sehr kleines, angedrücktes Härchen liegt. Die Basalfläche des Metanotum ist ziemlich horizontal und geht im starken Bogen in die senkrecht gestellte abschüssige Fläche über.

Camponotus gilviceps Rog.

Formica ruficeps Smith, Cat. Br. M. p. 24.
Camp. gilviceps Rog., Berl. ent. Z. 1863. Verz. p. 3.

Ein typischer Arbeiter von Herrn Smith weicht von den von mir untersuchten und in Adn. in Mon. Form. neerl. p. 5 (Tijdschr. voor Ent. 1867) beschriebenen Stücken nur dadurch ab, dass das ganze Pronotum roth gefärbt und der übrige Thorax rothbraun ist. Die Schuppe des Petiolus ist höher als breit und hat einen queren oberen Rand. Es sei auch bemerkt, dass in meiner oben citirten Beschreibung ein Druckfehler zu verbessern ist, indem es statt: *mandibulae — basi subtilissime cinereo-rugulosae*, heissen soll: *coriaceo-rugulosae*.

Camponotus micans Nyl.

Formica micans Nyl. Form. Fr. p. 55.
Formica pubescens var. Brullé, Hist. nat. Il. Canar. II. p. 84.
Camp. flavomarginatus Mayr, Myrm. Stud. p. 16.

Von Dr. Nylander zuerst nach Stücken aus Algier beschrieben, wurde diese Art auch in Sicilien und in Andalusien aufgefunden; ich besitze sie auch von den canarischen Inseln und von der Goldküste *(Camp. flavomarginatus* Mayr); Herr Rothney fing bei Calcutta Exemplare, welche mit meinen südeuropäischen und afrikanischen Arbeitern von *Camp. micans* vollkommen übereinstimmen. Einen kleinen Arbeiter erhielt ich in Sandarak eingeschlossen, also aus Nordafrika stammend.

Camponotus coxalis Smith.

Proc. Linn. Soc. III. 1859, p. 136.

Operaria minor: Long. 11 Mm. Fusca, nitida, capite obscuriore, antennarum funiculo rufo, trochanteribus coxisque quatuor posterioribus testaceis; dispersissime adpresse pubescens; caput et abdomen modice — thorax sparsissime abstante pilosa, tibiae pilis brevissimis oblique abstantibus; microscopice coriacea, mandibulis insuper punctis rudibus dispersis, abdomine subtilissime et densissime transverse striolato; caput angustum, antice latius quam postice, pone oculos ad capitis articulationem sensim angustatum et ibidem thorace angustius; clypeus carinatus margine antico arcuato; thorax elongatus, supra longitrorsum modice arcuatus absque strictura (capitis et thoracis forma ut in oper. min. Camponoti subnitidi Mayr, *Austral. Form.); petioli squama modice incrassata, supra subacuminata.*

Ein Exemplar von den Aru-Inseln von Herrn Smith zur Ansicht erhalten.
Von der Insel Waigiou besitze ich einen kleinen Arbeiter, welcher vollkommen mit obigem Stücke übereinstimmt, aber 13 Mm. lang ist und die Tibien nicht nur mit kurzen, schief abstehenden Haaren, sondern auch mit ebenso langen und ebenso schief abstehenden Stachelchen besetzt hat, während bei dem typischen Stücke von *Camp. coxalis* nur zunächst dem Beugerande der Tibien einige wenige solche Stachelchen vorkommen. Dieses Stück aus Waigiou hat auch die Unterseite des Hinterleibes bräunlichgelb, wie es Smith für den grossen Arbeiter angibt, so dass ich glaube, dieses Stück gehöre zu *Camp. coxalis*, in welchem Falle die grossen Arbeiter auch solche Stachelchen an den Tibien haben müssten.

Camponotus irritabilis Smith.

Formica irritabilis Sm. Cat. Br. M. p. 25, Nr. 85.
Formica sedula Sm. Cat. Br. M. p. 25, Nr. 86.

Zwei von Herrn Smith zur Ansicht erhaltene und *F. irritabilis* benannte Arbeiter aus Borneo erweisen die Identität mit *Camp. sedulus*. Es sind kleinköpfige Arbeiter mit rothem Kopfe, einer derselben hat auch den ganzen Thorax und den Petiolus roth, der andere hat nur die vordere Hälfte des Thorax roth, die Hinterhälfte desselben und den Petiolus schwärzlich rothbraun; der Hinterleib ist bei beiden schwarz.

Camponotus opaciventris n. sp.

Operaria: Camponoto sericeo Fabr. *simillima differt solummodo pubescentia metanoti et abdominis flavescenti-albida, brevissima et minus copiosa, metanoti planitie basali ad basim haud longitrorsum arcuata.*

Calcutta, von Herrn Rothney gesammelt.

Diese Art stimmt mit *Camp. sericeus* Fabr. in der Grösse, Farbe, abstehenden Behaarung und in der Körperform vollkommen überein, doch ist die anliegende Pubescenz am Hinterleibe und auch am Metanotum von der bei *Camp. sericeus* auffallend verschieden. Während bei dieser Art der Hinterleib von einer gelben, seidenartigen, sehr dichten Pubescenz in der Weise bedeckt ist, dass man die Sculptur und Farbe des Hinterleibes nicht ohne Entfernung der Haare sehen kann, ist bei der neuen Art die Pubescenz des Hinterleibes kurz, spärlich und viel heller gefärbt, so dass die äusserst dichte, sehr, feine, fingerhutartige Punktirung sehr gut ohne Entfernung der Haare zu sehen ist. Die Basalfläche des Metanotum ist von der Meso-Metanotalnaht bis zum hinteren Rande flach, bei *Camp. sericeus* jedoch ist sie vorne in der Längsrichtung sehr deutlich gewölbt, auch ist bei der neuen Art der hintere Theil derselben Basalfläche nicht, wie bei *Camp. sericeus*, etwas herabgebogen.

Polyrhachis.

Die von mir im Jahre 1867 in den Adn. in Monogr. Form. Indo-neerl. (Tijdschr. vor Entomol. X) gegebene Gruppirung der *Polyrhachis*-Arten erfährt durch die Untersuchung einer reichlicheren Anzahl von Arten einige Verbesserungen. Ich theile die mir bekannten Arten in folgender Weise ein:

I. Gruppe: *Rastellata*.

☿♀. Stark glänzend, fast ganz glatt oder deutlich lederartig gerunzelt, ohne anliegende Pubescenz. Durch diese Merkmale von allen andern Gruppen ausgezeichnet, ausser einer Art in der Gruppe: *Abrupta*. Die Stirn (zwischen den Stirnleisten) schmal. Der Scheitel von vorne nach hinten zum Hinterhauptloche stark gewölbt. Die Augen ziemlich seitlich gestellt. Die Unterseite des

Kopfes mit zwei scharfen durchlaufenden Längskielen versehen. Der Thorax kurz, beim Arbeiter oben in der Längs- und Querrichtung stark gewölbt, ohne seitliche Längskanten, das Pronotum unbewehrt oder zweizähnig, das Mesonotum unbewehrt, die Meso-Metanotalnaht beim Arbeiter nicht oder kaum sichtbar, das Metanotum unbewehrt oder bewehrt. Die Schuppe des Stielchens oben vierzähnig oder die inneren Zähne (bei *P. laevissima*) mehr oder weniger stumpf oder es sind (bei *mucronata*) zwei äussere, lange, gekrümmte Dornen und zwei innere, sehr kleine Zähnchen vorhanden. Hieher gehören: *P. rastellata* Ltr., *laevissima* Smith Cat. p. 64 *(globularia* Mayr), *laevior* Rog. *(laevissima* Smith Journ. Proc. Linn. Soc. 1859 Vol. III. p. 141), *mucronata* Smith.

II. Gruppe: *Bihamata.*

Die Arbeiter sind von allen andern Gruppen dadurch ausgezeichnet, dass das Mesonotum zwei gebogene Dornen hat. Die Weibchen und Männchen sind noch unbekannt.

Hieher: *P. bihamata* Drury, *bellicosa* Smith, *lamellidens* Smith.

III. Gruppe: *Armata.*

Beim Arbeiter ist der Kopf meistens nicht dick und meist ohne durchlaufende, scharfe Längskiele an der Unterseite, Pronotum und Mesonotum beim Arbeiter oben seitlich gerundet, ohne seitliche Längskanten und mässig gestreckt, das Pronotum mit zwei Zähnen oder Dornen, das Metanotum zweidornig. Der Petiolus kubisch oder schuppenförmig, oben jederseits mit einem Dorne, bisweilen noch mit zwei Zähnen dazwischen.

Beim Weibchen sind Kopf und Petiolus wie beim Arbeiter geformt. Das Pronotum hat jederseits einen Zahn oder Dorn, hinter diesem aber keine Längskante wie bei der IV. und V. Gruppe. Das Metanotum mit zwei Dornen.

Hieher: *P. sexspinosa* Ltr., *bubastes* Smith, *rugifrons* Smith, *spinosa* Mayr, *cleophanes* Smith, *exasperata* Smith, *armata* Guill., *phyllophila* Smith, *tristis* Mayr, *pressa* Mayr, *chalybaea* Smith, *amanus* Smith, *bicolor* Smith, *dives* Smith *(acantha* Sm., nach einem typischen Stücke), *argentea* Mayr, *spiniger* n. sp., *simplex* Mayr. Jedenfalls dürften zu dieser Gruppe auch gehören: *P. rubiginosa* Guill. (nach Roger's Bemerkungen der *P. phyllophila* sehr nahe stehend), *mutata* Smith, *abdominalis* Smith, *tibialis* Smith, *rupicapra* Rog., *vicina* Rog., *furcata* Smith. *P. acasta* Smith scheint von *P. argentea* nur durch die „slightly" divergirenden Metanotumdornen verschieden zu sein.

IV. Gruppe: *Ammon.*

☿♀. Der Scheitel in der Längsrichtung gewölbt. Die Augen seitlich gestellt. Die Unterseite des Kopfes meistens ohne durchlaufende, scharfe Längskanten. Der Thorax ist beim Arbeiter vierseitig, das Pronotum unbewehrt, zweizähnig oder zweidornig, welche Dornen kürzer sind als die des Metanotum, das

Mesonotum ist meistens mehr wie halb so lang als breit. Die Weibchen haben hinter jedem Pronotumzahne eine Längskante, wodurch sie sich von denen der vorhergehenden Gruppe unterscheiden, nur bei *P. Frauenfeldi* und *thrinax* ist diese Kante undeutlich. Doch sind diese durch drei Dornen an der Schuppe des Petiolus ausgezeichnet. Von der nachfolgenden Gruppe unterscheiden sich die mir vorliegenden Weibchen durch den Kopfbau und wohl auch dadurch, dass die Dornen oder Zähne des Metanotum stets länger sind als die des Pronotum, nur *P. Frauenfeldi* macht auch hier eine Ausnahme, indem die Metanotumzähne wohl stärker, aber kaum länger als die Pronotumzähne sind.

1. Schuppe des Petiolus mit zwei nach hinten und aussen gebogenen Dornen.

a) Stirn (zwischen den Stirnleisten) mehr oder weniger quadratisch, hinten so breit oder fast so breit als lang; Pronotum convex, zweizähnig, Mesonotum breiter als lang, die Meso-Metanotalnaht meistens sehr undeutlich. Hieher: *P. Guérini* Rog., *contemta* Mayr, *Hookeri* Lowne, *marginata* Smith, *punctiventris* Mayr, *hostilis* Smith, *latifrons* Rog., *hexacantha* Er. *(fuscipes* Mayr*)*, *jacksoniana* Rog.

b) Stirn ziemlich schmal, doppelt so lang als hinten breit, Pronotum nicht gezähnt, mit blattförmigen Seitenrande, Mesonotum ziemlich quadratisch. Hieher: *P. ammon* Fabr., *trapezoidea* Mayr, *ammonoeides* Rog., *semiaurata* Mayr.

c) Stirn ziemlich schmal, doppelt so lang als hinten breit, Pronotum mit zwei Dornen oder Zähnen, Meso-Metanotalnaht sehr undeutlich oder (bei *P. valerus)* eine feine, aber deutliche Furche. Hieher: *P. Daemeli* Mayr, *ornata* Mayr, *valerus* Smith.

2. Schuppe mit zwei fast ganz aufrechten, oder mit drei bis vier Dornen oder Zähnen, Stirn ziemlich schmal. Hieher: *P. charaxus* Smith, *Frauenfeldi* Mayr, *thrinax* Rog., *indica* Mayr, *sidnica* Mayr, *femorata* Smith, *micans* Mayr, *clypeata* Mayr.

V. Gruppe: *Relucens.*

☿♀. Der Scheitel in der Längsrichtung nicht oder sehr wenig gewölbt. Die Augen, ausser bei den afrikanischen Arten *P. gayates* Smith und *militaris* Fabr., nach vorne gerichtet. Der Kopf ist, von der Seite gesehen, dick, rhomboidisch, dessen Unterseite geknickt, so dass der vordere Theil der Unterseite des Kopfes mit dem hinteren Theile einen stumpfen Winkel bildet, es legt sich auch bei nach unten zurückgezogenem Kopfe der vordere Theil der Unterseite des Kopfes an die Vorderhüften und der hintere Theil an das Prosternum knapp an; die Kiele an der Unterseite des Kopfes sind durchlaufend, meistens scharf und schneidig; der Kopf ist, von vorne oben gesehen, von den Mandibeln bis zu den Augen mehr oder weniger parallelrandig. Beim Arbeiter ist der Thorax vierseitig, oben mit zwei seitlichen, scharfen Rändern, welche zwischen den Thoraxsegmenten mehr oder weniger eingeschnitten sind, das

Pronotum hat zwei Dornen (bei *P. punctillata* zwei Zähne), das Mesonotum ist mindestens doppelt so breit als lang, das Metanotum ist unbewehrt, oder hat zwei Zähne oder Dornen, welche aber kürzer sind als die des Pronotum oder höchstens (bei *P. punctillata*) ebenso lang. Die Weibchen haben am Pronotum hinter jedem Dorne eine Längskante und das Metanotum hat nur zwei Zähne. Die Schuppe des Petiolus hat beim Arbeiter und Weibchen vier ziemlich gleich lange Zähne oder Dornen, oder sie hat zwei obere Dornen und zwei äussere (untere) Zähne oder sie hat einen oberen gekrümmten Rand und jederseits einen Zahn.

1. Die Schuppe mit vier gleich langen oder fast gleich langen Dornen oder Zähnen, manchmal (bei *P. sumatrensis*) in der Mitte noch ein kleines Zähnchen. Hieher gehören: *P. punctillata* Rog., *convexa* Rog. *sumatrensis* Smith, *cubaensis* Mayr.

2. Die Schuppe mit zwei oberen Dornen und zwei seitlichen Zähnen: *P. relucens* Latr., *decipiens* Rog., *sericata* Guér., *Mayri* Rog., *proxima* Rog., *olenus* Smith, *villipes* Smith, *compressicornis* Smith, *striata* Mayr, *lycidas* Smith, *sculpturata* Smith, *striato-rugosa* Mayr, *rufo-femorata* Smith, *gagates* Smith, *militaris* Fabr., *schistacea* Gerst., *Beccarii* Mayr, *cyaniventris* Smith, *pruinosa* Mayr, *nigropilosa* Mayr, *hastata* Latr., *rugulosa* Mayr.

3. Schuppe deutlich oder undeutlich zweizähnig: *P. orsyllus* Smith, *merops* Smith, *aurichalcea* Mayr, *nigra* Mayr.

VI. Gruppe: *Abrupta*. (*Hemioptica* Rog.)

Die Arbeiter dieser Gruppe sind von allen vorhergehenden dadurch ausgezeichnet, dass jedes Auge aussen von einem fast halbkreisförmigen Lappen so gestützt ist, dass die Augen nur direct nach vorne gerichtet sind. Im Uebrigen stimmt diese Gruppe im Kopf- und Thoraxbaue mit der vorhergehenden überein. Hieher gehören: *P. abrupta* Mayr, *aculeata* n. sp., *pubescens* n. sp., *scissa* (*Hemioptica*) Rog.

Polyrhachis laevissima Smith.

Cat. Hym. Ins. Brit. Mus. VI. 1858, p. 64.
Pol. globularia Mayr Form. indo-neerl. p. 9.

Mehrere typische Stücke dieser Art erweisen die Identität mit *P. globularia* Mayr. Herr Smith hat wohl zwei verschiedene Arten mit diesem Namen belegt, doch gebührt der im Cat. p. 64 im Jahre 1858 beschriebenen Art der von Smith gegebene Name, während die von Smith in den Proc. Linn. Soc. Zool. 1859 p. 141 beschriebene Art von Roger in *P. laevior* umgetauft wurde.

Es ist bisher nur der Arbeiter beschrieben.

Femina: Long. 8—10 Mm. Nigra, pedibus ferrugineis, tibiis basi tarsisque nigris; subnuda; tenuissime coriaceo-rugulosa et insuper punctulis valde superficialibus, dispersissime pilos microscopicos et brevissimos gerentibus;

nitidissima, mandibulis disperse punctatis et insuper, basi excepta, delicatule striolatis; clypeus absque carina mediana, margine antico in medio emarginato et bidentato; thorax inermis; petioli squama modice incrassata, obtrapezoidalis, margine superiore curvato, in medio modice emarginato, angulis acutis; alae infuscatae.

Von dieser Art liegen mir Exemplare vor aus Calcutta (gesammelt von Herrn Rothney), und aus Java (Museum Halle a. d. S. und Mus. Leyden); alle Exemplare haben rothe Beine mit schwarzen Tarsen und mit schwärzlicher Basis der Tibien.

Polyrhachis mucronata Smith.

Proc. Linn. Soc. III. 1859, p. 140.

Diese Art ist von den anderen Arten der Gruppe: *Rastellata* durch folgende Merkmale unterschieden: der Arbeiter hat eine Körperlänge von 5·2 Mm. Kopf und Thorax sind schärfer und deutlicher lederartig gerunzelt, das Pronotum hat vorne jederseits ein dreieckiges Zähnchen, das Metanotum hat zwei fast ganz gerade, parallele, schief nach hinten und oben gerichtete Dornen, welche länger sind, als das Metanotum an der schwach ausgeprägten Meso - Metanotalnaht breit ist. Die Schuppe des Petiolus ist so wie bei *P. dives* geformt, sie hat zwei die Hinterleibsbasis umfassende Dornen und zwischen diesen am oberen Rande zwei kleine, sehr spitzige nach oben gerichtete Zähnchen.

Nach einem von Herrn Smith zur Ansicht erhaltenen Stücke.

Polyrhachis lamellidens Smith.

Trans. Ent. Soc. Lond. 1874, p. 403.

Operaria: Long. 7·3—8 Mm. Nigra, thorace ferrugineo, absque pilis abstantibus, pilis brevissimis perpaucis, adpressis; caput et thorax opaca, subtiliter et dense reticulato-coriacea, abdomen subtilissime et valde superficialiter coriaceum et nitidum; mandibulae dense striatae; clypeus carina obtusa mediana, margine antico arcuato et integro thorax quadrilaterus, sexspinosus, pronoto spinis duabus horizontalibus, paulo curvatis, oblique antrorsum et extrorsum directis, mesonoto spinis duabus brevioribus, extrorsum curvatis, metanoto parte basali quadrata in medio sulco longitudinali, lateraliter carinis duabus parallelis in spinas depressas, lamelliformes horizontales, parallelas rectro directas et obtusas terminantibus, parte declivi fortiter excavata; petiolus altus spinis duabus longis, divergentibus et hamatis.

Aus Hiogo in Japan, von Herrn Fred. Smith erhalten. Nach Smith sind im britischen Museum auch Exemplare aus Hongkong.

Zur Gruppe: *Bihamata* gehörig unterscheidet sich diese neue Art von den andern Arten *P. bihamata* und *bellicosa* sehr leicht durch die horizontalen Dornen des Pronotum, durch die nach aussen gebogenen Mesonotaldornen, durch die Gegenwart von Dornen am Metanotum, sowie durch die an der Basis divergirenden, hakenförmigen Dornen des Petiolus.

Polyrhachis spiniger n. sp.

Operaria: Long. 6·5—7·5 Mm. Nigra, opaca, fere absque pilis abstantibus, capite supra, abdomine postice et infra pilis nonnullis abstantibus; dispersissime et microscopice adpresse pubescens; mandibulae micantes et subtiliter dense striatae, caput, thorax et petiolus densissime et subtiliter reticulato-punctata et insuper, clypeo excepto, rugulis subtilibus reticulatim anastomosantibus, abdomen pruinosum, subtilissime et densissime reticulato-punctulatum; clypeus carina obtusa mediana, margine antico arcuato, in medio emarginato et emarginatura utrimque denticulo armata; frons et laminae frontales modice elevatae; thorax quadrispinosus, transverse convexus, spinis pronotalibus horizontalibus, haud longis, rectis, extus et paulo antrorsum directis, spinis metanotalibus modice longis, erectis, fortiter divergentibus et ante apicem distincte curvatis; petiolus spinis duabus longis arcuatim curvatis, abdominis basim amplexandis.

Mas.: Long. 7 Mm. Niger, mandibulis fuscis, subopacus, abdomine micante, fere absque pilis abstantibus, capite et thorace supra, abdomine apice et infra pilis nonnullis abstantibus; dispersissime et microscopice adpresse pubescens; mandibulae subtiliter coriaceae margine masticatorio brevi bidentato; corpus subtilissime et densissime reticulato-punctatum, scutello magis coriaceo; clypeus obtuse carinatus, margine antico in medio vix et angustissime emarginato; thorax muticus, metanoti parte basali impressione levi longitudinali; petiolus supra nodo transverso inermi; alae subhyalinae costis testaceis et pterostigmate fusco.

Aus Ostindien, gesammelt von Herrn Rothney, erhalten von Herrn F. Smith.

Diese Art steht der *P. dives* Sm. zunächst, von welcher sich der Arbeiter durch den etwas stärkeren Körperbau, durch die äusserst spärliche Pubescenz, durch die nach oben und aussen (nicht wie bei *P. dives* nach hinten und oben) gerichteten Metanotumdornen unterscheidet. Das Männchen unterscheidet sich von dem der *P. dives* durch die äusserst spärliche Pubescenz und die schärfere Sculptur.

Polyrhachis marginata Smith.

Proc. Linn. Soc. III. 1859, p. 139.

Der Arbeiter hat grosse Verwandtschaft mit *P. Hookeri* Lowne. Der Kopf ist ebenso geformt wie bei *P. Hookeri*, auch die Stirnleisten sind ebenso weit von einander entfernt. Der Thorax hat im allgemeinen dieselbe Form wie bei der Lowne'schen Art, nur ist er am Pronotum viel breiter und das Metanotum hat sehr stark divergirende Dornen. Die Schuppe des Stielchens weicht von der neuholländischen Art dadurch ab, dass die zwei Dornen kürzer und nur sehr wenig nach rückwärts gekrümmt und insbesondere nach aussen gerichtet sind, auch ist der obere Rand der Schuppe scharf schneidig, während er bei *P. Hookeri* abgerundet ist. Die Oberkiefer sind scharf längsgestreift, der Kopf ist wellig längsgerunzelt; das Pronotum ist halbkreisförmig-, das

Mesonotum längs-wellig gerunzelt, das Metanotum ist, abweichend vom übrigen nur mässig reichlich behaarten Körper, dicht gelb abstehend behaart; der Hinterleib ist sehr dicht, fein und sehr regelmässig längsgestreift, glanzlos und sammtschwarz; die Mandibeln, Fühler und Beine sind gelbroth.

Nach einem von Herrn Smith zur Ansicht erhaltenen Exemplare; auf dem Zettel ist notirt: Aru, Batchian und Waygiou.

Polyrhachis hostilis Smith.

Pr. Linn. Soc, III. 1859, p. 139.

Diese Art, von welcher mir von Herrn Smith ein Arbeiter von den Aru-Inseln vorliegt, gehört zur Gruppe: *Ammon* und man gelangt bei der Bestimmung nach der analytischen Uebersicht der australischen *Polyrhachis*-Arten in meinen „Australischen Formiciden“ 1876 zu *P. Daemeli*, von welcher sich aber *P. hostilis* besonders durch den auffallend verbreiterten Thorax und durch die eigenthümlich geformten Stirnleisten unterscheidet. Der Körper ist 6·5 Mm. lang und hat eine spärliche abstehende Behaarung, der Schaft aber, sowie besonders die Tibien sind reichlich abstehend behaart. Die Pubescenz ist sehr spärlich, theilweise fehlend. Die Stirnleisten sind breit, aufgebogen und enden hinten in einen erhöhten, abgerundeten, platten Fortsatz, welche Bildung mir bei keiner *Polyrhachis*-Art bekannt ist. Die Stirn zwischen den Stirnleisten ist trapezförmig, vorne viel schmäler als hinten. Der Kopf hat an der Unterseite zwei Längskanten. Das Pronotum ist doppelt so breit als lang, mässig convex, mit stark blattartig verbreiterten Seitenrändern, welche vorne in einen nach vorne gerichteten Zahn enden. Das Mesonotum ist etwa dreimal so breit als lang, schwach convex, mit blattartig verbreiterten bogigen Seitenrändern. Das Metanotum hat zwei deutlich, aber nicht stark gebogene, ziemlich horizontale, nach hinten gerichtete, lange Dornen, welche aber doch kürzer sind als das breite Metanotum an der fein ausgeprägten Meso-Metanotalnaht breit ist. Die Schuppe des Stielchens hat zwei lange, die Hinterleibsbasis umfassende Dornen. Kopf, Thorax und Hinterleib sind längsgestreift, die abschüssige Fläche des Metanotum und die Schuppe sind quergestreift.

Polyrhachis valerus Smith.

Pr. Linn. Soc. VI. 1861, p. 40.

Die Art gehört zur Gruppe *Ammon* und steht den Arten *P. Daemeli* und *ornata* am nächsten. Der Smith'schen Beschreibung des Arbeiters ist hinzuzufügen: Die abstehende Behaarung ist sehr spärlich, die Fühler und Tibien haben keine abstehenden Haare; die anliegende Pubescenz ist ziemlich spärlich. Der Kopf und der Hinterleib sind fein und dicht runzlich-punktirt, die Stirnleisten sind einander ziemlich genähert, so dass die Stirn etwa doppelt so lang als breit ist. Das Pronotum des vierseitigen Thorax ist oben grob längsgestreift und hat jederseits einen kurzen, schief nach vorne, aussen und oben gerichteten Dorn, welcher etwa halb so lang ist als die Breite des Pronotum zwischen diesen beiden Dornen. Das Mesonotum ist oben ziemlich glatt und glänzend, es ist flach, breiter als lang, mit gerundeten Seitenrändern. Das Metanotum hat zwei nach hinten gerichtete, parallele Dornen, welche an ihrer dicken Basis schief nach hinten und oben gerichtet, in ihrer Mitte aber so gebogen sind, dass die Endhälfte der Dornen horizontal nach hinten gerichtet ist. Das Stielchen ist ebenso wie bei *P. Daemeli* und *ornata* geformt.

Ein Stück aus Neu-Guinea von Herrn Smith zur Ansicht erhalten.

Polyrhachis sumatrensis Smith.
Cat. Hym. Ins. Brit. M. VI. p. 65. Pl. IV, Fig. 45.

Femina: Long. 9 Mm. Nigra pedibus fulvis, dense nitido-aurichalceopubescens, sparse — scutello et abdominis apice copiose — longe et erecte pilosa, pedibus absque pilis abstantibus; sculptura rugulosa propter pubescentiam indistincta; mandibulae superficialiter striolatae; clypeus vix carinatus margine antico arcuato; laminae frontales approximatae; pronotum spinis duabus acutis porrectis, paulo divergentibus; metanotum dentibus duobus obtusis et minutis, parte basali horizontali transverso-quadrangulari, parte declivi, separata a parte basali carina obtusa et obliqua, supra magis, infra minus verticali; petioli squama infra crassa, antice convexa, postice plana, sexangularis (subseptem-angularis) quinquedentata, scilicet angulis quatuor superioribus in dentem triangularem, haud acutum, productis, et margine superiore in medio dente obtuso.

Von den Aru-Inseln (Mus. Leyden).

Ich habe eine eigene Beschreibung hier gegeben, weil ich nicht vollkommen sicher bin, dass das von mir beschriebene Stück mit der Smith'schen Art übereinstimme, da Smith die Beine schwarz angibt und die reiche Pubescenz nicht hervorhebt, doch variirt die Farbe der Beine bei *Polyrhachis* oft sehr bedeutend und in Bezug der Pubescenz dürfte Smith ein in schlechten Alkohol gelegenes Exemplar beschrieben haben. Die Schuppe des Petiolus ist wie in Smith's Abbildung (Pl. IV. Fig. 43), aber unten schmäler und die Zähne sind nicht so spitzig.

Polyrhachis relucens Latr.

Die in den Proc. Linn. Soc. III. 1859, p. 142 von Smith beschriebene Art *P. hector* von den Aru-Inseln, im Gegensatze zu der ebenso benannten Art aus Singapore, welche Smith im Cat. Hym. Ins. Brit. Mus. VI. p. 61 beschrieb, erweist sich in Folge der Ansicht eines typischen Exemplars von *P. relucens* Latr. nicht verschieden.

P. ithonus Smith (Proc. Linn. Soc. V. Suppl. 1860, p. 99. Pl. I, Fig. 18) unterscheidet sich nach einem typischen Exemplare von *P. relucens* Latr. nur durch die weissliche Pubescenz und kann daher, da die Farbe der Pubescenz bei mehreren *Polyrhachis*-Arten variirt, nur als Varietät von *P. relucens* angesehen werden.

Polyrhachis proxima Rog.

Berl. ent. Z. 1863, p. 155.

Im Leydener Museum findet sich ein Weibchen dieser Art vor. Es ist 10 Mm. lang, wenig grösser als der Arbeiter und weicht, ausser den das Weibchen vom Arbeiter unterscheidenden Merkmalen, durch die etwas kürzeren Pronotumdornen, durch den fast doppelt so breiten als langen Basaltheil des Metanotum und die kürzeren Dornen des Stielchens ab.

Polyrhachis compressicornis Smith.

Proc. Linn. Soc. V. Suppl. 1860, p. 69.

Der Arbeiter ist jenem von *P. villipes* im Körperbaue, sowie in der abstehenden Behaarung sehr ähnlich, doch ist diese bei *P. compressicornis* gelb, bei *P. villipes* dunkelbraun, die blassgelbe Pubescenz ist am Hinterleibe ebenso reichlich wie am Kopfe und Thorax. Der Körper ist fein runzlig-punktirt, aus den Pünktchen entspringen die anliegenden Härchen. Die Pronotumdornen sind etwas kürzer aber stärker als bei *P. villipes,* das Metanotum ist ebenso geformt wie bei *P. villipes.* Die Schuppe des Stielchens ist oben am breitesten und hat oben zwei schwach, aber deutlich, gebogene, nach oben und etwas nach hinten gerichtete, mässig divergirende Dornen, welche etwas kürzer sind als der obere Rand der Schuppe; unter der Basis der Dornen, am Aussenrande der Schuppe, findet sich ein leicht zu übersehendes, sehr schwaches Höckerchen, anstatt des bei den nächsten Verwandten vorkommenden Zähnchens. Die Schenkel und Tibien sind rothgelb. Das auffallendste Merkmal ist aber der vom Anfange bis zum Ende stark compresse Fühlerschaft, wodurch sich diese Art von allen mir bekannten Arten unterscheidet.

Ein Exemplar aus Celebes von Herrn Smith zur Ansicht erhalten.

Polyrhachis sculpturata Smith.

Proc. Linn. Soc. V. Suppl. 1860, p. 70.

Von Herrn Smith erhielt ich einen von ihm determinirten Arbeiter dieser Art zur Ansicht, welcher der *P. nigropilosa* Mayr sehr nahe steht, aber durch folgende Merkmale abweicht: Die Pronotumscheibe ist viel feiner gestreift und es fängt die Streifung weiter rückwärts an, am Metanotum fehlt die Querkante zwischen der Basal- und abschüssigen Fläche, die Schuppe des Stielchens hat oben in der Mitte des Randes keine Spur einer zahnartigen Erhebung, der Hinterleib ist schimmernd, die zwei vorderen Drittheile des ersten Abdominalsegmentes sind dicht längsgerunzelt, hinten ist es runzelig, die übrigen Segmente sind dicht und scharf lederartig gerunzelt.

In der Tijdschrift voor Entomologie X. 1867 (Adnotationes in monograsphiam Formic. neerland.) beschrieb ich *P. sculpturata*, ohne damals ein Smithsches Original-Exemplar gesehen zu haben; mir war damals ein Stück aus dem zoologischen Museum in Halle a. d. S. nur zur Bestimmung vorgelegen, so dass ich jetzt das Smith'sche Stück nur mit meiner damals gegebenen Beschreibung vergleichen kann. Diese stimmt nun mit dem Smith'schen Exemplare ganz gut überein, nur folgende Angaben passen nicht oder nicht vollkommen: *Thorax marginibus lateralibus haud elevatis; metanotum indistincte bidentatum; abdomen dense uniformiter reticulato-punctatum.* Beim Smith'schen Stücke sind aber die Seitenränder des Mesonotum etwas aufgebogen, das Metanotum hat zwei sehr deutliche, nach oben gerichtete Zähne und die Skulptur des Hinterleibes ist so wie ich bereits angab. Ob nun Smith's und meine *P. sculpturata* von einander specifisch unterschieden seien, vermag ich nicht zu entscheiden, obschon dies nicht der Fall zu sein scheint, weshalb es zweckmässig ist, die von mir beschriebene Form als *P. sculpturata* var. *siamensis* zu fixiren.

Polyrhachis aculeata n. sp.

Operaria: Long. 6 Mm. Nigra, mandibulis apice, femoribus tibiisque ferrugineis, geniculis nigris; vix pilosa (clypeo, fronte atque abdomine postice pilis nonnullis abstantibus), scapo infra serie pilorum abstantium; nitidissima, subpolita (microscopice coriacea); caput lateribus ante oculos parallelis; clypeus carinatus margine antico arcuato; laminae frontales approximatae et elevatae; oculi extus processui semicirculari insidentes, antrorsum directi, margine externo acuto; thorax quadrilaterus, supra longitrorsum fortiter arcuatus et utrimque acute carinatus ac biincisus; pronotum duplo latius quam longius spinis duabus longis, acutis, rectis, antrorsum directis et divergentibus; sutura mesometanotalis vix visibilis; metanotum inerme parte basali transverse obtrapezoidali a parte declivi paulo concava separata carinula arcuata transversa; petioli squama transverse obtrapezoidalis angulis duobus superioribus in spinas rectas, acutas, divergentes, sursum et paulo retro directas productis, marginibus lateralibus supra ad spinarum basim dente minuto acuto, sursum et paulo extus directo; abdomen globosum.

Ich besitze nur ein Exemplar aus Ostindien, welches ich Herrn Professor Schmidt-Göbel verdanke. Diese Art gehört zur Gruppe: *Abrupta,* nähert sich aber in mancher Beziehung der Gruppe: *Rastellata.*

Polyrhachis pubescens n. sp.

Operaria: Long. 5·2 Mm. Nigra, pedibus partim fuscescentibus; tote pilosa et copiose subtiliter flavescente pubescens; micans; mandibulae dense et regulariter striatae; caput antice coriaceum, in medio et postice subtiliter ruguloso-striatum, lateribus ante oculos parallelis; clypeus in medio carinatus et margine antico arcuato; laminae frontales approximatae et elevatae; oculi extus processui semicirculari insidentes, antrorsum directi, margine externo acuto; thorax quadrilaterus, supra longitrorsum modice arcuatus et haud rude longitudinaliter ruguloso-striatus, utrinque acute carinatus et biincisus, suturis superioribus haud profundis, sed distinctis; pronotum modice latius quam

*longius, spinis duabus longis, acutis, rectis, antrorsum directis et modice diver-
gentibus; metanotum parte basali obtrapezoidali, latiore quam longiore, a parte
declivi sublaevigata et pubescente separata carina transversa recta utrinque
denticulo definita; petioli squama transverse obtrapezoidalis margine superiore
transverso et recto, bispinosa et bidentata, scilicet angulis duobus superioribus
in spinas subrectas, acutas, modice divergentes, oblique retro et paulo sursum
directas productis, marginibus lateralibus supra ad spinarum basim dente extus
directo, apice truncato; abdomen globosum, dense coriaceo-punctatum.*

Das hier beschriebene Exemplar, welches ich von Herrn Prof. Schmidt-
Göbel erhielt, stammt aus Ostindien.

Acropyga moluccana n. sp.

*Operaria: Long. 3 Mm. Nitida, flava, mandibulis margine masti-
catorio fusco et oculis nigris; vix pilosa antennarum scapo pedibusque abstante
pilosis; pubescens; subtilissime et valde superficialiter coriacea mandibulis
striolatis et disperse punctatis; caput magnum, thorace duplo latius, rotundato-
quadratum margine postico modice emarginato; clypeus convexus, haud carinatus, margine antico subtilissime sed late emarginato; antennarum funiculus
articulis circiter quam longis tam crassis, articulis primo, secundo et ultimo
longioribus; laminae frontales brevissimae, sulcus frontalis nullus, sulcus ver-
ticis indistinctus; oculi subcirculares, minuti, ante capitis laterum medietatem;
thorax inter mesonotum et metanotum constrictus; petiolus cum squama ovata,
parum antrorsum inclinata; abdomen rotundatum.*

Von der Insel Ceram, von Herrn Smith erhalten.

Diese Art unterscheidet sich von *A. acutiventris* Rog. und *flava* Mayr
durch die geringere Grösse, die fast fehlende abstehende Behaarung am Kopfe,
am Thorax und am Hinterleibe, durch die Einschnürung am hinteren Ende des
Mesonotum, indem daselbst eine breite, kurze Fläche die tiefste Stelle der
oberen Seite des Thorax bildet, während bei den zwei anderen Arten nur die
linienförmige Naht zwischen dem Mesonotum und Metanotum liegt und das
Mesonotum sogleich von dieser Naht nach vorne aufsteigt.

Hypoclinea gracilipes n. sp.

*Operaria: Long. 2·8 Mm. Testaceo-ferruginea, funiculo pedibusque
flavo-testaceis; pilosa, tibiis pilis paucis, haud longis, abstantibus; mandibulae
sublaeves (subtilissime coriaceae), et nitidae; caput subtilissime coriaceum;
clypeus margine antico depresso; pronotum reticulato-punctatum; mesonotum
modice elevatum, scabriusculum, rugulis nonnullis longitudinalibus; metanotum
subcuboideum, longius quam latius, parte basali irregulariter reticulata, postice
horizontali, parte declivi sublaevi, nitida, supra perpendiculari, infra obliqua;
petioli squama modice incrassata, rotundato-quadrata, paulo antrorsum inclinata, antice et postice paulo convexa; abdomen sublaeve, pubescentia adpressa,
haud copiosa.*

Bei Calcutta von Herrn Rothney gesammelt.

Nach der von mir in meinen „Neuen Formiciden" (Verh. d. zool.-botan. Ges. 1870) gegebenen Uebersicht der *Hypoclinea*-Arten gelangt man bei der Bestimmung dieser Art zu Nr. 12, wo es heisst: „Schienen reichlich und lang abstehend behaart" — und als Gegensatz: „Schienen ohne abstehende Behaarung". Bei der neuen Art sind die Schienen spärlich und nicht lang abstehend behaart. In Betreff des Körperbaues steht sie der *H. quadripunctata* sehr nahe.[1])

Hypoclinea cordata Smith.

Formica cordata Smith. Proc. Linn. Soc. III. 1859. p. 137.

Operaria minor: Long. 2·8 Mm. Nitida, rufo-flava, antennis pedibusque pallidioribus, abdomine fusco-nigro; dispersissime abstante pilosa scapis tibiisque pilis nonnullis oblique abstantibus; sublaevis, mandibulis punctis dispersis; mandibulae ad marginem masticatorium latae; caput cum mandibulis cordiforme, thorace latius, clypeo transverse fornicato, margine antico arcuato, subtiliter biemarginato, oculis·in superiore capitis parte et paulo ante capitis medietatem sitis; thorax inermis mesonoto antice elevato et convexo, postice supra spiraculis duobus approximatis, mesothorace toto a metathorace separato strictura distinctissima, metanoto toriformi spiraculis paulo prominentibus; petioli squama inermis, ovata, humilis et oblique antrorsum inclinata.

Mir liegen aus der Smith'schen Sammlung zwei von den Aru-Inseln stammende Stücke vor, welche jedenfalls die in Smith's Beschreibung erwähnten kleinen Arbeiter sind.

Nach meiner Uebersicht der *Hypoclinea*-Arten in meinem Aufsatze: „Neue Formiciden", gelangt man bei der Bestimmung dieser Art bis zu Nr. 21, sieht man aber von der abstehenden Behaarung der Tibien ab, so gelangt man zu Nr. 24 und zwar hat *H. cordata* im Körperbaue mit *H. itinerans* die grösste Aehnlichkeit, nur ist bei *H. cordata* das Mesonotum, besonders hinten, weniger erhöht und das Metanotum ist viel weniger convex, sondern bildet oben eine wenig convexe, glatte Scheibe (ein Kissen), welche nach allen Seiten gekrümmt abfällt.

Anochetus punctiventris n. sp.

Operaria: Long. 3·4—3·6 Mm. Ferrugineo-rufa aut fusco-ferruginea, capite ferrugineo-rufo, mandibulis antennisque rufis, abdomine fusco aut fusconigro, pedibus rufo-testaceis; sparsissime abstante pilosa, abdomine disperse abstante piloso; caput atque abdomen disperse adpresse pubescentia, pedes pilis brevibus subadpressis; mandibulae margine interno inferiore subserrato, apice dentibus duobus magnis et uno minore; clypei pars media concava antice dentibus duobus porrectis et rotundatis, inter hos semicirculatim excisa; frons inter

---

[1]) Da ich mir über die Zertheilung der Gattung *Hypoclinea* in Dr. Forel's neuesten Abhandlung: Etudes myrm. en 1878 (Bull. Soc. Vaud. d. sc. nat.) noch kein Urtheil gebildet habe, so stelle ich diese und die nächste Art noch zur Gattung *Hypoclinea*.

laminas frontales dense striata; capitis dimidium posticum punctatum; thorax rugoso-punctatus, antice insuper rugis longitudinalibus, metanoto parte declivi transversim striata, lateraliter distincte marginata; petioli squama erecta, ovalis, inermis; abdomen laeve et nitidum, inter segmentum primum et secundum modice constrictum, segmento primo antice rude et haud dense punctato.

Bei Calcutta und im Districte Nuddea, nördlich von Calcutta, von Herrn Rothney gesammelt.

Diese Art steht dem *A. Graeffei* Mayr (Neue Form. in Verh. d. zool.-botan. Ges. 1870. p. 961) sehr nahe und unterscheidet sich von dieser Art durch die deutlich concave Clypeusscheibe, durch den, ausser in der Mitte, reichlich punktirten Scheitel, den ziemlich scharf gekielten Seitenrand der abschüssigen Fläche des Metanotum und durch das besonders vorne viel reichlicher grob punktirte erste Abdominalsegment.

Bei dieser Gelegenheit sei auch bemerkt, dass bei *Anochetus* der Innenrand der Mandibeln zwei durch eine Längsfurche getrennte, parallele Längsleisten hat, deren obere schneidig, die untere fein gezähnelt ist. Auch bei anderen Odontomachiden finde ich diesen doppelten Innenrand, obschon er bei einigen nur theilweise doppelt, bei anderen nur einfach ist.

Diacamma compressum n. sp.

Ponera australis Rog. Berl. ent. Z. 1860. p. 303.

Zwei Arbeiter aus Sind in Ostindien im k. k. zoologischen Hofcabinete in Wien stimmen so vollständig mit Roger's Beschreibung von *P. australis* überein, dass an der Identität nicht zu zweifeln ist, und es muss daher, da Roger's *P. australis* nicht mit der Fabricius'schen Art übereinstimmt, erstere einen neuen Namen erhalten; auch ist Roger's Vaterlandsangabe als unrichtig zu betrachten.

Die drei einander sehr nahe stehenden *Diacamma*-Arten, deren erstes Abdominalsegment nicht grob gestreift, sondern fein gerunzelt ist, unterscheiden sich durch die Arbeiter in folgender Weise:

D. australe Fabr. Der Scheitel hat bis zum Hinterrande des Kopfes nur grobe kielartige Längsstreifen, welche glanzlos und ziemlich reichlich mit feinen runzligen Punkten besetzt sind, aus denen sehr feine anliegende und kurze Härchen entspringen; das Pronotum ist kreisförmig gestreift, in der Mitte mit einigen queren Streifen; der obere quergestreifte Knoten des Petiolus ist nicht länger als hinten breit, hinten oben mit zwei Dornen, welche 0·5 Mm. lang und beiläufig um ebenso viel von einander entfernt sind. Der ganze Körper hat eine reichliche abstehende Behaarung und eine solche anliegende Pubescenz, während beide bei den zwei folgenden Arten viel spärlicher sind.

D. holosericeum Rog. Der Scheitel hat hinten halbkreisförmige Streifen, welche nach vorne zu den Kopfseiten ziehen, die Streifen selbst sind glatt und glänzend, ohne oder mit sehr zerstreuten, anliegenden Härchen; die obere Fläche des Pronotum ist quergestreift, die Seiten sind längs- oder bogig längsgestreift; der oben divergirend längsgestreifte Knoten des Petiolus ist deutlich länger als hinten breit, die zwei 0·7—1 Mm. langen Dornen sind länger als die Entfernung derselben von einander.

D. compressum **n. sp.** Die Längsstreifen des Scheitels ziehen bis zum Hinterrande des Kopfes, sie sind glanzlos und ziemlich reichlich mit runzligen Pünktchen besetzt, aus denen anliegende, sehr feine und kurze Härchen entspringen; die obere Fläche des Pronotum ist quergestreift, die Seiten bogig längsgestreift; der Knoten des Petiolus ist deutlich länger als hinten breit, seine zwei ziemlich kurzen, 0·5 Mm. langen Dornen, sind einander so stark genähert, dass sie, trotz ihrer geringeren Länge, von einander weniger entfernt als sie lang sind.

In meinen „Australischen Formiciden" (Journ. d. Mus. Godeffroy, Heft XII, Hamburg 1876), p. 87 ist bei *D. australe* Fabr. alles zu streichen, mit Ausnahme des Titels, des Citates von **Fabricius** und des Fundortes.

Ponera.

Die Arbeiter und Weibchen jener Arten, die in meiner Sammlung sind, lassen sich in folgender Weise unterscheiden:

1. Keines der fünf ersten Geisselglieder kürzer als dick 2

Mindestens das dritte bis fünfte Geisselglied deutlich kürzer als dick . 7

2. Die abschüssige Fläche des Metanotum ist stark quergestreift; der Thorax ist zwischen dem Mesonotum und Metanotum nicht eingeschnürt; die Augen bestehen aus vielen Facetten. Länge: 6 Mm. Arbeiter. Samoa-Inseln. **Mayr**, Austral. Form. 1876. p. 32.   *P. insulana* Mayr.

— — — — — sehr fein punktirt und gerunzelt, auch pubescent . . . 3

— — — — — wenigstens in der Mitte ganz glatt und kahl 6

3. Die sehr dicke Schuppe ist, von oben gesehen, nicht doppelt so breit als dick. 4

— Schuppe ist, von oben gesehen, mehr wie doppelt so breit als dick . 5

4. Körperlänge: 7·3—7·5 Mm. Die Schuppe (oder der Knoten) des Stielchens ist ziemlich würfelförmig; die abschüssige Fläche des Metanotum ist oben und seitlich deutlich abgegrenzt; die abstehende Behaarung des Schaftes und der Tibien ist spärlich. Arbeiter. Calcutta. **Emery**, Ann. Mus. Civ. Genov. IX. 1877. p. 368.   *P. tesserinoda* Emery.

—: 8—12 Mm. Die Schuppe ist, von oben gesehen, deutlich breiter als lang; die abschüssige Fläche des Metanotum ist oben und seitlich sehr undeutlich abgegrenzt; der Fühlerschaft und die Tibien sind reichlich abstehend behaart. Arbeiter. Vaterland unbekannt. **Mayr**, Zool.-botan. Ges. 1867. p. 441.   *P. sulcata* Mayr.[1]

---

[1] Ritter v. **Frauenfeld** übergab mir im Jahre 1867 mehrere Ameisen, welche er während der Erdumseglung der österr. Fregatte Novara an Bord derselben gesammelt hatte, zur Bestimmung und etwaigen Beschreibung. Bald darauf gab ich ihm die Thiere determinirt zurück, nebst den Beschreibungen der neuen Arten, welche er zu publiciren versprach. Nach einiger Zeit erschienen in den Verh. d. zool.-botan. Ges. 1867 in seinen Miscellen XI die drei ihm gegebenen Beschreibungen,

5. Die Mandibeln sind sehr dicht und sehr fein längsgestreift, grob und sehr zerstreut punktirt. Schwarzbraun, Mandibeln, Fühler und Beine gelblich-roth; der Augendurchmesser ist grösser als die Entfernung der Augen vom Mandibelgelenke; die hintere Fläche der Schuppe ist oben nach vorne gekrümmt und der obere Rand fast schneidig. Länge: 5·7 Mm. Arbeiter. Abyssinien und Sennaar in Afrika. Mayr, Myrm. Stud. 1862. p. 73.

P. sennaarensis Mayr.

glatt mit zerstreuten groben Punkten. Ganz röthlichgelb bis schwarz-braun mit rothgelben Mandibeln, Fühlern und Beinen; der Augen-durchmesser ist beim Arbeiter kleiner als die Entfernung der Augen vom Mandibelgelenke; die hintere Fläche der Schuppe ist gleichmässig sehr schwach convex, oben nicht nach vorne gekrümmt und der obere Rand dick. Länge des Arbeiters: 4·5—5 Mm., des Weibchens: 9—10 Mm. Neuholland. Mayr, Myrm. Stud. 1862. p. 73. *P. lutea* Mayr.

---

jedoch in einem so veränderten Zustande, dass ich es nicht für unnöthig erachte, bei dieser Gelegen-heit die ungeänderten Urtexte zu publiciren:

Camponotus nutans. *Operaria: Long. 4 Mm. Nitidissima, rubro-testacea, oculis nigris, segmentorum abdominis marginibus posticis late fuscescentibus; longe et copiose pilosa; sine pubescentia adpressa; mandibulae haud latae dentibus 4—5 nigricantibus, sublaeves punctis dispersis; caput micro-scopice coriaceo-rugulosum punctulis dispersis piligeris, quadrato-rotundatum, thorace paulo latius, postice vix emarginatum; clypeus sublaevis carina mediana subtili, antice in lobulum arcuatum, paulo depressum productus, margine antico arcuato, margine postico in medio exciso; area frontalis laevis rhomboidea, latior quam longior et postice indistincte impressa; sulcus frontalis vix visibilis; laminae frontales late distantes; thorax subtilissime coriaceo-rugulosus, inter mesonotum et metanotum fortiter constrictus; metanoti pars basalis convexa, pars declivis obliqua et, a latere visa, distincte concava; petiolus supra cum squama fortiter oblique antrorsum inclinata, subovata, supra paulo truncata; abdomen subtilissime transversim coriaceo-striato-rugulosum; pedes pilis copiosis longis abstantibus.* Diese Art stimmt am meisten mit der Beschreibung von *Formica strenua* Haliday überein, doch hat sie durchaus keine fast keulenförmigen Fühler.

Camponotus venustus. *Operaria minor: Long. 6 Mm. Micans, rufa, oculis abdomineque nigro-fuscis, pedibus obscure ferrugineis, vertice infuscato, pronoto macula fusca, segmentorum ab-dominis marginibus posticis distinctissime sordide albis; sparse pilosa, copiose, abdomine dense flavido-pubescens; mandibulae disperse punctatae et ad basim atque in medio subtilissime coriaceo-rugulosae, apicem versus laevigatae; caput subtilissime ruguloso-punctulatum, oblongum, thorace vix latius, mar-ginibus lateralibus subparallelis; clypeus carina mediana, margine antico arcuato; laminae frontales approximatae; thorax subtilissime ruguloso-punctatus, supra longitrorsum arcuatus, sine incisura, postice compressus; petioli squama suberecta (paulo antrorsum inclinata), paulo latior quam altior, incrassata, antice fortiter convexa, postice plana, margine arcuato; abdomen sericeum sculptura indistincta; pedes absque pilis abstantibus, solummodo femora antica infra pilis perpaucis abstantibus.* Diese Art stimmt im Habitus am meisten mit *C. micans* Nyl. überein, nur ist die Schuppe anders geformt und die Pubescenz ist viel feiner und dichter.

Ponera sulcata. *Operaria: Long. 8—12 Mm. Nigra aut fusco-nigra, mandibulis, funi-culis, scapis ad basim et ad apicem, ano, articulationibus pedum tarsisque ferrugineis; copiose pilosa et pubescens; densissime et subtiliter punctata et insuper punctis dispersis majoribus, abdomine minus dense et rudius punctatum; mandibulae nitidae, laevigatae punctis dispersis, sulco obliquo ab articu-lationis parte interna ad mandibulae marginem externum extenso; palpi maxillares et labiales quatuor-articulati; oculi mediocres paulo ante capitis laterum medietatem siti; petioli squama crassa, ovalis, alta, margine rotundato, a supero visa latior quam longior, planitie antica verticali subplana, planitie postica verticali plana; abdomen inter segmentum primum et secundum distincte constrictum.*

6. Die Mandibeln gestreift; das Mesonotum und der Basaltheil des Metanotum, von der Seite gesehen, beim Arbeiter ganz gerade und horizontal, zwischen beiden liegt die schmale Furche der Meso- Metanotalnaht; die Schuppe ist ziemlich dick. Die Augen sind beim Arbeiter sehr klein. Länge des Arbeiters 5·3 Mm., des Weibchens 6·3 Mm. Columbien und Mexico. Mayr, Myrm. Stud. 1862. p. 74.   *P. americana* Mayr.

— — nicht gestreift; das Mesonotum liegt höher als das Metanotum, zwischen beiden ist eine ziemlich starke Einschnürung; die Schuppe ist ziemlich dünn. Die Augen sind viel grösser als bei der vorigen Art. Arbeiter. Länge: 3·2—4 Mm. Nikobaren-Inseln und Ostindien. Mayr, Myrm. Stud. 1862. p. 74.   *P. luteipes* Mayr.

7. Schuppe dünn (von vorne nach hinten stark compress) mit oberem schmalen Rande. Weibchen. Länge: 4—4·2 Mm. Celebes und Borneo. Smith, Proc. Linn. Soc. V. Suppl. p. 72.   *P. truncata* Smith.

— dick; die Augen beim Arbeiter punktförmig, sehr klein 8

8. Der Kaurand der Oberkiefer vorne mit grösseren, hinten mit kleineren aber deutlichen Zähnen; der Körper gelb oder ockergelb. Arbeiter 3—3·5 Mm., das Weibchen 4·3 Mm. lang. Italien. Mayr, Form. austr. p. 118.

P. ochracea Mayr.

— — — — vorne deutlich gezähnt, an der hinteren Hälfte ganz ungezähnt oder undeutlich gezähnelt. Arbeiter 2·7—3 Mm., Weibchen 3—4 Mm. lang   9

9. Die Maxillartaster zweigliedrig; der Kopf ist sehr dicht und scharf eingestochen punktirt. Europa, Madeira, Nordamerika. Latr., Hist. Fourm. p. 195.   *P. contracta* Latr.

— — eingliedrig; der Kopf ist viel feiner punktirt. Italien. Roger, Berl. ent. Zeit. 1859. p. 246.   *P. punctatissima* Rog.

Ponera tesserinoda Emery.

Ann. Mus. Civ. di Genova IX. 1876—1877, p. 368.

Operaria: Long. 7·3—7·5 Mm. Nigra, scapo pedibusque nigrofuscis, mandibulis, funiculo, clypeo, tarsis et abdominis apice castaneis; breviter modice, abdomine copiose abstante pilosa, modice adpresse pubescens; mandibulae nitidae, subtilissime et superficialiter coriaceae punctis magnis dispersis, ad basim sulco forti obliquo distinctissimo, margine masticatorio septemdentato; oculi ante capitis laterum medietatem; corpus totum dense punctatum, insuper punctis valde superficialibus et dispersis; thoracis dorsum haud impressum, a pronoti antice fortiter convexi medio ad metanoti partis basalis apicem recto; sutura pro-mesonotalis distincta, mesonotum transversum dimidia longitudine pronoti aut metanoti partis basalis, sutura meso-metanotalis indistincta; petioli nodus rotundato-tesseriformis, paulo latior quam longior; tibiae pilis paucis longis abstantibus; abdomen inter segmentum primum et secundum modice constrictum.

Calcutta, gesammelt von Herrn Rothney.

Nach Dr. Emery's Angabe ist seine *Ponera crassa* aus Abyssinien dieser Art sehr ähnlich, unterscheidet sich aber durch die gestreiften Mandibeln (bei *P. tesserinoda* ist nur die Basis der Oberkiefer an der Aussenseite gestreift), durch das ziemlich lange Mesonotum, welches nicht kürzer als das halbe Pronotum und (nach Emery's Abbildung) so lang ist wie der Basaltheil des Metanotum, ferner durch den in der Längsrichtung schwach gekrümmten Thorax, welcher bei *P. tesserinoda* vom Vorderrande des Mesonotum bis zum hinteren Ende des Basaltheiles des Metanotum fast ganz gerade verläuft, und durch den stumpferen Winkel, welchen der Basaltheil des Metanotum mit der abschüssigen Fläche bildet.

Das Pronotum von *P. tesserinoda* ist von Dr. Emery zu stark gestreckt und vorne zu wenig herabgebogen gezeichnet; ob dies auch bei *P. crassa* der Fall ist, kann ich nicht beurtheilen, weil ich die Art nicht gesehen habe.

Lobopelta.

Die Arbeiter der mir bekannten Arten lassen sich in folgender Weise unterscheiden:

1. Zweites Geisselglied höchstens so lang als das erste Glied 2

  — — deutlich länger als das erste 4

2. Der Petiolus oben mit einem Knoten, welcher eben so lang als hinten breit ist; der Clypeus mit einem sehr scharfen Mittellängskiele. Länge: 4 Mm. Kap der guten Hoffnung. Mayr, Myrm. Stud. p. 86 und Novara Form. p. 72, Fig. 20.   *L. castanea* Mayr.

  — — — — einer queren Schuppe; der Clypeus mit einem stumpfen Kiele. Länge: 6—8 Mm. 3

3. Die Mandibeln dicht gestreift; der Augendurchmesser gleich der Entfernung der Augen vom Mandibelgelenke; die vier ersten Geisselglieder deutlich länger als dick; die Schuppe des Petiolus ziemlich breit. Ostindien (Rothney), Borneo, Celebes. Smith, Proc. Linn. Soc. VI. p. 45, Mayr, Myrm. Stud. p. 34.   *L. mutabilis* Smith.

  — — glatt, nur zerstreut grob punktirt, die Augen klein, ihr Durchmesser viel kleiner als die Entfernung der Augen vom Mandibelgelenke; das dritte Geisselglied nur wenig kürzer als dick, das vierte bis zum vorletzten deutlich dicker als lang; die Schuppe des Petiolus deutlich schmäler als bei der vorigen Art. Neuholland. Mayr, die austral. Form. p. 33 (Journ. Mus. Godeffr. XII. 1876).   *L. fallax* Mayr.

4. Der Knoten des Petiolus oben hinten mit zwei stumpfen kegelförmigen Zähnen. Länge: 9·5—10·5 Mm. Neuholland. Mayr, Austral. Form. p. 34.   *L. excisa* Mayr.

  — — — — ohne Zähne 5

5. Der Clypeus ohne Mittelkiel, fein und dicht längsgestreift; Kopf und Thorax dicht und fein gestreift oder (Var. *laevis*) die Hinterhälfte des Kopfes

und der Thorax glatt. Länge: 8·5 Mm. Himalaja, Var. *laevis:* Java.
Mayr, Neue Form. 1870. p. 28. *L. Kitteli* Mayr.
 Der Clypeus mit einem deutlich vortretenden, oft sehr scharfen Mittellängskiele 6
6. Der Knoten des Petiolus, von oben gesehen, nur so lang als hinten breit. 7
 — — — — deutlich länger als hinten breit 8
7. Dunkelblau, Geissel und Tarsen kastanienbraun, der Knoten gerunzelt.
Länge: 11·5—12 Mm. Borneo, Smith, Cat. Brit. Mus. p. 88.
L. iridescens Smith.
 Schwarz, Mandibeln, Fühler und Beine braun, der Knoten glatt. Länge:
6·2—7·3 Mm. Calcutta (Rothney), Pondicherry und Malacca (Coll. Mayr)
Borneo, Celebes, Batchian, Waigiou. Smith, Cat. Br. M. p. 89 (*P. laeviceps* Smith, Cat. Br. M. p. 90; *P. simillima* Smith, Pr. Linn. Soc. V.
Suppl. p. 104). *L. diminuta* Smith.
8. Der Kopf dicht punktirt 9
 — — glatt, nur mit wenigen sehr zerstreuten Punkten 10
9. Die Oberkiefer am Kaurande sehr breit, dieser bildet mit dem Hinterrande
einen rechten Winkel; erstes Abdominalsegment sehr fein punktirt.
Länge: 7 Mm. Mexiko. Mayr, Neue Form. 1870, p. 28.
L. mexicana Mayr.
 — — durchaus sehr schmal, der Kaurand bildet mit dem Hinterrande einen
sehr stumpfen Winkel, das erste Abdominalsegment, sowie der Knoten,
nicht dicht aber sehr grob punktirt, das zweite Segment weitläufiger
grob punktirt. Länge: 5·5 Mm. Calcutta. *L. punctiventris* **n. sp.**
10. Die Mandibeln am Kaurande breiter als in der Mitte, sie schliessen sich,
aneinander gelegt, scharf an den Clypeusrand an; der Knoten des Petiolus
ist vorne sehr schmal, nicht breiter als das Thorax-Stielchengelenk,
Länge: 10—12 Mm. Neuholland. Mayr, Austral. Form. p. 34.
L. conigera Mayr.
 — — durchaus sehr schmal, sie lassen, aneinander gelegt, einen grossen
Zwischenraum zwischen sich und dem Clypeus: der Knoten des Petiolus
vorne deutlich breiter als das Thorax-Stielchengelenk. Länge: 9·5—10 Mm.
Calcutta (Rothney). China. Mayr, Neue Form. p. 27.
L. chinensis Mayr.

Lobopelta mutabilis Smith.

Ponera ocellifera Rog. (Berl. ent. Z. 1861, p. 13) scheint nur ein sehr
entwickelter, mit Ocellen versehener Arbeiter von *L. mutabilis* zu sein. Dass
Roger seine Art mit *P. iridescens* Sm. vergleicht, dürfte wohl nur ein Schreib-
fehler sein, jedenfalls meint er *P. mutabilis.*

Lobopelta Kitteli Mayr.

Ponera ferox Sm. (Proc. Linn. Soc. 1865. p. 70) scheint eine Mittelform
zu bilden zwischen *L. Kitteli* und der Varietät *laevis.*

4*

⫴ *Lobopelta punctiventris* n. sp.

Operaria: Long. 5·5 Mm. Nigra, scapo pedibusque fuscis, mandibulis, funiculo tarsisque ferrugineis, abdominis apice testaceo; pilosa; mandibulae angustae, subrectae, nitidissimae punctis dispersis elongatis margine masticatorio brevi, acuto; clypeus longitudinaliter striatus, carina media acuta, antice triangulatim productus, margine antico membranaceo; caput elongatum, densissime irregulariter punctatum; scapus dense subtiliter punctatus, funiculi articulus secundus primo longior; thorax muticus, longitrorsum arcuatus, punctis magnis densis interstitiis subtiliter coriaceo-punctatis, metanoti parte declivi in medio et infra transverse striata; petioli nodus punctis magnis, paulo longior quam postice latior, antice angustior quam postice; abdominis segmenta primum et secundum punctis magnis, ad abdominis basim densioribus, postice dispersioribus, interstitiis laevibus et nitidis; pedes nitidi pilis abstantibus, unguiculis breviter pectinatis.

Calcutta (Rothney).

Lioponera n. g.

Operaria et Femina: Mandibulae triangulares margine masticatorio indistincte dentato. Caput rotundato-rectangulare, longius quam latius. Clypeus haud distinctus. Laminae frontales ad capitis marginem anticum promotae, elevatae, breves. Antennae 12 articulatae, ad capitis marginem anticum insertae, scapo brevi, crassissimo et solummodo ad capitis medium extenso, funiculo crassiusculo, dimidio apicali fortiter incrassato, articulis 2.—7. minutis, crassioribus quam longioribus, articulis octovo et nono majoribus, etiam crassioribus quam longioribus, articulo penultimo crasso, quam longo tam crasso, articulo apicali penultimo aequicrasso et duplo longiore. Area frontalis et sulcus frontalis nulli. Oculi magni, ante capitis laterum medictatem siti. Ab oculi margine interno carina brevis ad oris marginem extensa. Ocelli in oper. nulli. Thorax muticus, rotundato-tetragonus, dorso ipso duplo longiore quam latiore, in oper. absque ulla sutura aut impressione, lateraliter in medio impressione magna, haud forti, in oper. et fem. postice oblique truncatus. Petiolus supra nodo magno subtessellato, thoracis latitudine, latiore quam longiore, angulis anticis rectangularibus, posticis rotundatis, articulatione haud magna inferiore segmento abdominis primo coalitus. Abdomen inter segmentum primum et secundum fortiter constrictum. Tibiae calcaribus pectinatis; unguiculi simplices. (Feminae alae ignotae.)

Diese interessante Gattung steht durch die Bildung der Stirnleisten, durch den unentwickelten Clypeus, die an den Mundrand gerückten Fühler und durch einen die Fühlergrube aussen begrenzenden Längskiel in nächster Verwandtschaft mit der Gattung *Typhlatta* sowie mit *Eciton* und zwar insbesondere mit *E. Sumichrasti* Norton, *nitens* Mayr, *pilosum* Smith und *californicum* Mayr, bei welchen Arten die Stirnleisten keinen Zahn haben, während diese neue Gattung den eingliedrigen Petiolus und die Einschnürung zwischen dem ersten und zweiten Segmente mit den Poneriden gemeinsam hat. Es ist diese Gattung jedenfalls zu den Poneriden zu stellen, verbindet aber durch die Bildung des Kopfes diese Subfamilie ähnlich so mit den Myrmiciden, wie *Cheliomyrmex* die Poneriden mit den Doryliden.

Lioponera longitarsus n. sp.

Operaria et Femina: Long. ☿ 2·9—4·5 Mm. ♀ 4 Mm. *Castanea aut ferruginea, capite et abdomine fuscis aut fusco-nigris, abdominis segmento primo aut ferrugineo aut fusco, capitis margine antico, mandibulis, antennis pedibusque rufis, femoribus fuscis; corpus totum abstante pilosum; nitidum, disperse subtiliter punctatum, abdomine densius subtiliter punctatum etiam pilis brevibus adpressis; thorax postice inter metanoti partem horizontalem et declivem carina transversa subtili; metatarsus posticus tibiae aequilongus.*

Zwei Arbeiter und ein Weibchen aus Calcutta (Rothney), in Smith's und in meiner Sammlung.

Amblyopone reclinata n. sp.

Operaria: Long. 9 Mm. *Fusco-nigra, abdomine fusco, mandibulis, antennis pedibusque ferrugineis; abstante pilosa; sparse — abdomine copiosius — adpresse pubescens, pedibus pilis haud longis subadpressis aut parum abstantibus; mandibulae fortiter dense et oblique striatae, subrectae, apice acuto modice curvato, margine interno seriebus duabus dentium acutorum reclinatorum; caput rotundato-quadratum, thorace latius, rude et dense reticulato-punctatum et opacum: clypeus planus, longitrorsum striatus postice inter antennarum articulationes intersertus margine antico transverso, recto, utrinque dente armato margine postico semicirculari; laminae frontales breves, parallelae, postice ante apicem divergentes; antennae 12 articulatae scapo capitis marginem posticum haud attingente, funiculo dimidio apicali modice incrassato, articulis basalibus longioribus quam crassioribus, ceteris circiter quam longis tam crassis, articulo apicali longiore; sulcus frontalis carinae longitudinali incubatus; area frontalis profunda a carina, supra notata permeata; ocelli nulli; oculi minimi compositi, pone capitis laterum medietatem siti; thorax rugoso-punctulatus, opacus, muticus, in medio modice compressus, pronoto antice rotundato, mesonoto brevissimo, metanoto parte declivi obliqua, densissime et subtilissime acute transverse striata; petiolus rotundato-subcubicus, a supra visus quadratorotundatus, dense punctatus, insuper punctis magnis dispersis, antice breviter petiolatus; abdomen disperse punctatum et nitidum, segmento primo densius punctato et insuper punctis dispersis majoribus, strictura inter segmentum primum et secundum dense striolata.*

Java, von Herrn Snellen van Vollenhoven erhalten.

Obgleich mir keine der bisher beschriebenen Arten dieser Gattung bekannt ist, so bleibt es nicht zweifelhaft, dass diese Art zu dieser Gattung gehöre, wodurch sich aber erweist, dass sich die Gattung *Stigmatomma* nur durch untergeordnete Merkmale von *Amblyopone* unterscheidet, indem bei *Stigmatomma* der Vorderrand des Clypeus vielzähnig, bei *Amblyopone* zweizähnig und in der Mitte unbewehrt ist, indem ferner bei *Stigmatomma* die Vorderecken des Kopfes mit einem Zahne bewehrt sind, welcher bei *Amblyopone* rudimentär vorkommt. Ich halte es daher mit Bezug auf die Gruppirung der übrigen Gattungen für richtiger, die Gattung *Stigmatomma* als Synonym zu *Amblyopone* zu stellen, welche Gattung mit *Mystrium* und *Myrmecia* zunächst verwandt ist und den Gattungen *Prionopelta* und *Myopopone* ferner steht.

Typhlatta.

Die **Arbeiter** der zu dieser Gattung gehörenden Arten sind in folgender Weise zu unterscheiden:

1. Der Kopf mit einer feinen, aber deutlichen Stirnrinne, welche bis gegen die Mitte des Kopfes zieht; die Kiele, welche die Fühlergruben aussen begrenzen, reichen fast so weit nach hinten wie die Stirnrinne; Kopf und Thorax sind fein lederartig- mehr oder weniger genetzt-gerunzelt, die Mitte des Kopfes und des Thorax ziemlich glatt; das Metanotum oben ohne Längsrunzeln. Länge: 3·5 Mm. Calcutta. *T. bengalensis* **n. sp.**

— — ohne Stirnrinne und glatt 2

2. Die sehr kleine sehr abschüssige Fläche des Metanotum ist vom übrigen Metanotum durch eine scharfe halbkreisförnige Kante oder Leiste getrennt. 3
— kleine abschüssige Fläche des Metanotum ist vom übrigen Metanotum höchstens seitlich durch scharfe Kiele getrennt 4

3. Die mittleren Geisselglieder kürzer oder höchstens so lang als dick, die Oberkiefer glatt mit einzelnen groben Punkten, die Seiten des Mesothorax und der Metathorax längsgerunzelt und fein runzelig oder mehr fingerhutartig punktirt. Rothgelb, der Thorax mehr rostroth, der Hinterleib und die Beine rothgelb oder gelb. Länge: 2·6 Mm. Ceylon. Mayr, Myrm. Beitr. 1866, p. 22. *T. ceylonica* Mayr.
Alle Geisselglieder wenigstens etwas länger als dick; die Oberkiefer breiter wie bei der vorigen Art, längsgestreift, nahe dem Kaurande glatt; die Seiten des Mesothorax und der Metathorax längsgerunzelt. Rostroth, Fühler, Hinterleib und Beine gelb. Länge: 3·3 Mm. Im Uebrigen mit der vorigen Art ganz übereinstimmend. Aus Ost-Afrika, von Herrn F. Smith erhalten. *T. decolor* **n. sp.**

4. Körper röthlichgelb, theilweise gelb; drittes und viertes Geisselglied kürzer als dick, die Mandibeln nicht breit mit dreizähnigem Kaurande. Länge: 2·6—3 Mm. Calcutta. *T. brevicornis* **n. sp.**

— braun: drittes und viertes Geisselglied etwa doppelt so lang als dick; die Mandibeln mässig breit mit schwach gekerbtem, vorne zweizähnigen Kaurande. Länge: 4 Mm. Borneo. Smith, Proc. Linn. Soc. II. p. 79. *T. laeviceps* Smith.

Typhlatta bengalensis n. sp.

Operaria: Long. 3·5 Mm. Ferruginea, modice pilosa, antennis pedibusque copiosius pilosis; mandibulae subtilissime striolatae, partim opacae margine masticatorio indistincte denticulato; caput subtiliter reticulatocoriaceum, in medio sublaeve et nitidum, extra antennarum articulationes carina longa longitudinali; sulcus frontalis fere ad capitis medium extensus; funiculi articulus secundus subbrevior, articuli duo sequentes quam longi tam crassi; thorax subtiliter et densissime reticulato-coriaceus et opacus, antice supra macula magna oblonga laevi et nitida, inter mesonotum et metanotum (a latere visus) impressione levissima, metanoti parte declivi carina acuta semicirculari; petiolus nodis compressis subtiliter et densissime reticulatocoriaceis et opacis; abdomen laeve et nitidum; pedes subtilissime coriacei et nitidi.

Calcutta, von Herrn Rothney gesammelt.

Typhlatta brevicornis n. sp.

Operaria: Long. 2·6—3 Mm. Rufa, abdomine pedibusque testaceis; modice abstante pilosa, nitida, laevis, antennarum fossis subtilissime coriaceis, mesothoracis lateribus, metathorace et partim petioli segmento primo subtiliter et dense reticulato-punctatis et subopacis; mandibulae striatae, margine masticatorio tridentato; funiculi articulus primus secundo distincte longior, articuli tertius et quartus paulo breviores quam crassiores; sulcus frontalis nullus; thorax supra absque sutura aut impressione, metanoto parte declivi distincta absque carina transversa; petioli nodi compressi.

Calcutta, von Herrn Rothney gesammelt.

Es wäre möglich, dass *T. bengalensis* der Krieger und *T. brevicornis* der dazu gehörige Arbeiter sei; sollte sich diese Vermuthung bewahrheiten, so wäre *T. ceylonica* der Krieger und *T. laeviceps* der Arbeiter, aber jedenfalls von zwei verschiedenen Arten.

Aphaenogaster famelica Smith.

Ischnomyrmex famelicus Smith Tr. Ent. Soc. Lond. 1874. p. 405.

Operaria: Long. 6·5—7 Mm. Fusca, partim castaneo-fusca, mandibulis atque antennis obscure ferrugineis, pedibus ferrugineo-rufis; modice pilosa antennis pedibusque pilis subadpressis; mandibulae dense striatae et opacae; caput ovatum, thorace latius, subopacum, subtiliter rugulosum et rugis longitudinalibus anastomosantibus, genis longitudinaliter rugoso-striatis, clypeo convexo, scabro rugulis nonnullis subtilibus, irregularibus, saepe transversis, margine antico arcuato in medio modice emarginato, scapo capitis marginem posticum superante; thorax modice elongatus, inter mesonotum et metanotum constrictus, pronoto coriaceo, ad latera fortius ruguloso, mesonoto ruguloso et ad latera partim reticulato-coriaceo, metanoto irregulariter ruguloso, antice

transverse rugoso, postice spinulis duabus acutis, brevibus, suberectis et diver-
gentibus, planitie declivi verticali; petiolus coriaceus et subopacus; abdomen
laeve et nitidum.

Aus Japan, von Herrn J. Erber und Herrn F. Smith erhalten.

Diese Art ist der *Aph. fulva* Rog. und *striola* Rog. sehr ähnlich, ist aber grösser und hat einen hinten viel schmäleren Kopf. Die Metanotumdornen sind bei der neuen Art kürzer als bei *Aph. fulva* und mehr aufrecht stehend als bei *Aph. striola,* auch ist besonders der Hinterleib weniger reichlich behaart als bei *Aph. striola.*

Aphaenogaster aciculata Smith (Transact. Ent. Soc. Lond. 1874. p. 405) aus Japan erhielt ich im Jahre 1873 von Herrn Smith zur Bestimmung. Der einzige Arbeiter hatte eine sehr grosse Aehnlichkeit mit *Aph. obsidiana* Mayr, doch wollte ich in Anbetracht, dass die Gattung *Aphaenogaster* an Arten reich ist und diese in der Farbe und Sculptur variabel sind, nach einem einzelnen Exemplare keine sichere Bestimmung geben, so dass es zweifelhaft bleibt, ob *Aph. aciculata* Sm. als eine eigene Art zu betrachten oder mit *Aph. obsidiana* Mayr synonym sei, obschon ich letzteres für sehr wahrscheinlich halte.

Vollenhovia pedestris Smith.

Myrmica pedestris Sm. Proc. Linn. Soc. VI. p. 46, ♀.

Die von mir in den Adn. in Mon. Form. indo-neerl. 1867. p. 62 gegebene Beschreibung des Weibchens stimmt mit einem Arbeiter aus Morty-Island in der Smith'schen Sammlung so überein, dass beide unzweifelhaft zur selben Art gehören. Der Arbeiter weicht in Folgendem ab: Länge: 3·7 Mm. Zerstreut abstehend behaart (vielleicht sind die Haare nur abgewetzt), Pro- und Mesonotum jederseits viel zerstreuter punktirt, längs der Mitte relativ breiter, glatt, die Knoten des Stielchens nur mit einzelnen groben Punkten, der Hinterleib glatt mit wenigen, sehr zerstreuten Punkten.

Der Diagnose des Weibchens beizufügen und auch für den Arbeiter giltig ist, dass die Stirn und der Scheitel in der Mitte gestreift sind.

Vom Arbeiter von *V. samoensis* Mayr (Austral. Form. p. 44) ist der Arbeiter dieser Art durch den zweikieligen Clypeus und durch die Sculptur des Kopfes leicht zu unterscheiden.

Monomorium orientale n. sp.

Operaria: Long. 1·4 Mm. Rufo-testacea, dispersissime pilosa pedibus pilis oblique abstantibus; haud adpresse pubescens; nitidissima et laevissima; clypeus carinulis duabus longitudinalibus, subtilibus, antrorsum divergentibus, antice vix in dentem terminantibus, disco inter carinas antice deplanato; antennae 11articulatae, funiculi articulis 2.—7. minutis, brevioribus quam crassioribus; thorax inermis inter mesonotum et metanotum constrictus; petioli nodus anticus nodo postico paulo altior, nodus posticus subglobosus, paulo latior quam longior, nodo antico paulo latior.

Calcutta (Rothney).

Diese Art unterscheidet sich mit *M. laeve* Mayr (Austral. Form. p. 46) von den anderen Arten durch die nur eilfgliedrigen Fühler. *M. laeve* ist der neuen Art ungemein ähnlich, doch ist das zweite Geisselglied so lang als dick und die folgenden fünf Glieder sind nur etwas kürzer als dick, während bei der neuen Art das zweite bis siebente Geisselglied, besonders das dritte bis siebente, viel dicker als lang ist.

Monomorium speculare Mayr.

Myrm. Beitr. 1866. p. 26.

Diese Art scheint in allen Tropenländern verbreitet zu sein, aber wegen ihrer Kleinheit leicht übersehen zu werden. Sie ist mir bekannt aus Calcutta (Rothney), aus Borneo, von den Tonga- und Samoa-Inseln und in neuerer Zeit erhielt ich sie von Dr. **Forel** aus Cayenne.

Atta floricola Jerdon dürfte mit dieser Art synonym sein, sowie *Atta minuta* Jerdon zu *Mon. vastator* Sm. zu gehören scheint.

Holcomyrmex n. g.

Operaria: Mandibulae modice latae margine masticatorio in oper. majore obtuse et indistincte dentatae, in op. min. dentibus tribus distinctis. Caput rectangulare angulis rotundatis, in op. maj. magnum, paulo longius quam latius. Clypeus inter antennarum articulationes profunde intersertus, postice rotundatus, in medio et antice planitie magna triangulari transverse concava, utrinque a carina antice in dentem obtusum terminante definita. Laminae frontales breves. Antennae 12articulatae; funiculi articuli tres ultimi parum incrassati et ad unum breviores quam reliqui articuli. Area frontalis indistincta. Sulcus frontalis tenuis ad foramen occipitale extensus. Oculi minuti, paulo ante capitis laterum medietatem siti. Thorax inermis sutura meso-metanotali in partem anticum majorem, crassiorem et supra rotundatum, atque in partem posticum minorem et angustiorem divisus; sutura pro-mesonotalis indistincta; metanotum longius quam latius, supra carinulis duabus lateralibus longitudinalibus, antice indistinctioribus, postice in tuberculum plus minusve distinctum terminantibus. Petioli inermis segmentum anticum supra postice nodo minuto, segmentum posticum globosum, segmento antico paulo latius. Abdomen antice truncatum segmento primo magno, plus quam abdominis dimidium obtegente. Pedes graciles tibiis posterioribus calcaribus simplicibus.

Diese Gattung zeigt wieder deutlich, dass die Kenntniss der Verwandtschaftsverhältnisse bei der Subfamilie *Myrmicidae* noch sehr im Argen liegt, während diese Verhältnisse bei der Subfamilie *Formicidae* viel genauer bekannt sind, wozu wohl auch meine Bearbeitung der Bernsteinameisen beigetragen haben dürfte. Dass die Gruppirung der Gattungen, wie ich sie in der Synopsis generum im Novara-Werke gab, nicht den Anspruch erheben konnte, die Verwandtschaftsverhältnisse durchaus in ein klares Licht zu stellen, sondern besonders die Möglichkeit einer leichteren Determination anstrebte, ist leicht einzusehen.

Nach dieser Synopsis generum wäre wohl diese neue Gattung in die Gruppe *b* α zu stellen, weil die Fühler zwölfgliedrig sind und die drei letzten Glieder zusammen kürzer sind als die übrigen Geisselglieder zusammen, doch ist die neue Gattung besonders wegen des Clypeus den Gattungen *Monomorium* und *Solenopsis* näher stehend, wenn auch eine gewisse Aehnlichkeit, den Clypeus abgerechnet, mit *Aphaenogaster* nicht abzusprechen ist.

Holcomyrmex scabriceps n. sp.

Operaria: Long. oper. maj. 5·2, op. min. 3·2—3·8 Mm. Ferruginea, abdomine fusco-nigro, petiolo fuscescenti, antennis fuscis, funiculi dimidio apicali plus minusve pallido, pedibus testaceo-fuscis, articulationibus et tarsis testaceis, fronte et vertice in op. min. saepe fuscescentibus; corpus totum copiose abstante pilosum; mandibulae rude striatae; caput supra dense subtiliter longitrorsum striatum, in op. min. distincte longius quam latius; clypeus maximam ad partem laevis et nitidus; funiculi articulus octavus nono distincte brevior; thorax supra longitudinaliter et reticulato-rugulosus, metanoti parte basali postice et parte declivi transverse striato-rugosis; petioli nodi rugulosi; abdomen laeve et nitidum; pedes sublaeves et nitidi.

Calcutta (Rothney).

Holcomyrmex criniceps n. sp.

Operaria: Long. 4·4 Mm. Ferruginea, abdomine nigro; corpus totum copiose subtiliter abstante pilosum, modice nitidum; mandibulae rude striatae, tridentatae; caput haud dense -- ad latera densius — punctatum, clypeo laevi et nitidissimo, fronte subtiliter longitrorsum striata, genis striolatis; funiculi articulus octavus nono vix brevior; pronotum transverse ad latera curvatim et longitudinaliter striatum; mesonotum subtilissime et densissime reticulato-punctatum; metanotum striatum planitiis basali et declivi transverse striatis, postice supra tuberculis duobus subrectangularibus; petiolus subtiliter rugulosus nodo postico supra sublaevigato; abdomen laeve.

Tranquebar in Vorderindien; ein Stück vor vielen Jahren von Herrn Drewsen erhalten.

Tetramorium scabrum n. sp.

Operaria: Long. 4·1 Mm. Obscure fusca, mandibulis atque funiculis ferrugineis, pedibus fuscis, tibiis tarsisque pallidioribus; copiose abstante pilosa antennis pedibusque pilis oblique abstantibus; mandibulae sublaeves, nitidae, punctis nonnullis, margine masticatorio antice dentato, postice denticulato;

*clypeus carinis tribus longitudinalibus margine antico indistincte emarginato;
antennae 12articulatae; laminae frontales elongatae scapi longitudine; frons
rude reticulato-carinata, vertex, capitis latera et thorax rude reticulata; metanotum spinis duabus longis, rectis, paulo divergentibus, oblique sursum et retro
directis; petioli rude reticulati nodus anticus paulo longior quam crassior,
nodus posticus antico paulo crassior; abdomen laeve et nitidum, antice fortiter
longitrorsum striatum; pedes nitidi.*

Borneo, ein Stück im ungarischen National-Museum in Pest.

Diese Art ist mit *T. guineense* Fabr. und *T. pacificum* Mayr zunächst
verwandt, von beiden unterscheidet sie sich durch die bedeutendere Grösse,
durch die mehr nach aufwärts gerichteten Metanotumdornen und durch die
scharf gestreifte Basis des Hinterleibes, von *T. guineense* überdiess durch die
dunkle Färbung und den Knoten des ersten Stielchengliedes, welcher deutlich
länger als breit ist; von *T. pacificum* durch die reichlichere Behaarung, die
gröbere Sculptur, die längeren Metanotumdornen und durch den nicht com-
pressen Knoten des ersten Stielchengliedes. *T. pacificum* ist an der Basis des
Abdomen wohl auch gestreift, doch viel feiner und weniger dicht wie bei der
neuen Art.

In der Uebersicht der Arten von *Tetramorium* (Neue Form. 1870. p. 34)
ist *T. scabrum* unmittelbar nach *T. guineense* zu stellen und durch die oben
angegebenen Merkmale von dieser Art zu unterscheiden.

Tetramorium Smithi n. sp.

*Operaria: Long. 2·5—2·8 Mm. Ferruginea, mandibulis, antennis
pedibusque rufo-testaceis, abdomine nigro; pilosa; mandibulae laeves, nitidae,
punctis nonnullis; caput et thorax rude, haud dense et longitudinaliter striata;
clypeus margine antico integro; laminae frontales longae, oculos superantes;
fossae antennarum in sulcum longum pro scapi receptione continuatae;
antennae 11articulatae; pronotum antice utrimque subrectangulare; metanotum spinulis duabus triangularibus, parte declivi laevi; petioli nodus anticus
subcubicus, supra in medio laevis, nitidus, lateraliter punctis nonnullis, nodus
posticus antico distincte latior, transversus, laevis et nitidus; abdomen laeve
et nitidum.*

Calcutta, von Herrn Rothney gesammelt, von Herrn Fred. Smith mir
zur Bestimmung gesendet.

Durch diese Art ist nun sicher festgestellt, dass die Arbeiter von *Tetramorium,* sowie die von *Leptothorax,* eilf- oder zwölfgliedrige Fühler haben, denn
die neue Art weicht durch kein anderes wesentliches Merkmal von den anderen
sicheren *Tetramorium*-Arten ab. Dadurch wird es auch sehr wahrscheinlich,
dass die von Roger aufgestellten Arten *T. tortuosum* und *T. ? auropunctatum*
zu dieser Gattung gehören.

Leptothorax nudus Mayr.

Myrm. Beitr. p. 25 (Sitzungsber. d. kais. Akad. d. Wiss. 1866).

Durch Exemplare, welche ich seit der Publication dieser Art vom Museum Godeffroy von den Tonga- und Samoa-Inseln, sowie von Herrn Smith aus Vorderindien erhielt, stellt sich die Diagnose einigermassen anders als ich sie im Jahre 1866 gab. Zu verbessern ist: *Long. 1·8—2·2 Mm. Rufa aut fusca, capite fuscescente aut nigro, abdomine saepissime fusco aut nigro, mandibulis, antennis pedibusque rufo-testaceis, funiculi clava saepe nigricante; — petiolus nodo postico magno, globoso, duplo latiore nodo antico.*

Pheidole.

Die Soldaten und Arbeiter der von mir untersuchten Arten Asiens sind in folgender Weise zu unterscheiden:

Soldaten:

1. Die hintere Hälfte des Kopfes glatt; die Basalfläche des Metanotum fein genetzt. Länge: 4—4·5 Mm. Turkestan, Ceilon; auch in Südeuropa, Afrika und Amerika. Heer, die Hausameise Madeira's.   *P. pusilla* Heer.

— — — — — mit grober Sculptur 2

2. Nur 3·1—3·2 Mm. lang, gelb, Pronotum auffallend breit, nämlich hinten jederseits mit einem starken, gerundeten, nach aussen gerichteten Höcker; der Basaltheil des Metanotum fein genetzt; die Fühlerfurche kurz und ziemlich undeutlich. Ceilon. Mayr, Novara-Form. p. 98.

                                        P. parva Mayr.

Körperlänge: 3·5—5·5 Mm.; die Basalfläche des Metanotum mehr oder weniger deutlich quer gerunzelt oder quer gestreift 3

3. Mesonotum in der Mitte mit einem deutlichen Quereindrucke 4

— convex, ohne Quereindruck und hinten ohne Querwulst; der Scheitel mit stark divergirenden Längsstreifen; das Pronotum ohne seitliche Höcker; die Tibien nicht abstehend behaart. Länge: 4·5—4·9 Mm. Celebes, Mysol. Myrm. *ruficeps* Smith. Proc. Linn. Soc. VI 1861. p. 46 ♀, *Ph. mordax* Smith. Proc. Linn. Soc. 1863. p. 22 ☿. (Nach Typen.)

                                        P. ruficeps Smith.

4. Mandibeln wenigstens bis über die Mitte längsgestreift; Basalfläche des Metanotum mit einer Längsfurche 5

— glatt, mit wenigen zerstreuten Punkten, höchstens nahe dem Gelenke mit sehr kurzen Streifen 6

5. Alle Geisselglieder länger als dick, nur das zweite so lang als dick; Pronotum glatt, vorne nur mit einigen schwachen, undeutlichen Querrunzeln; Mesonotumscheibe vor dem Quereindrucke glatt, ebenso der quere Wulst hinter dem Quereindrucke; die Basalfläche des Metanotum fein fingerhutartig punktirt; die beiden Knoten des Petiolus oben glatt und glänzend,

der zweite Knoten fast kugelig; der Hinterleib ganz glatt. Länge 4 Mm.
Sinaitische Halbinsel. Mayr, Myrm. Stud. 1862. p. 97.

P. sinaitica Mayr.

Zweites bis siebentes Geisselglied nur so lang als dick; das Pronotum stark
quergerunzelt, das Mesonotum durchaus gerunzelt, nur der Querwulst ist
an einer sehr kleinen Stelle geglättet; die Basalfläche des Metanotum
sehr fein runzlich quergestreift; die beiden Knoten des Petiolus rauh und
glanzlos, der zweite Knoten jederseits kegelig verlängert, doppelt so breit
als lang; der Hinterleib an dem vorderen Dritttheile des ersten Seg-
mentes fein längsgestreift und lederartig gerunzelt; Schaft und Tibien
nicht abstehend behaart. Länge: 4·3 Mm. Calcutta.

P. striativentris **n. sp.**

6. Alle Geisselglieder länger als dick, der Fühlerschaft reicht etwas über den
seichten Quereindruck des Scheitels, die Fühlerfurche ist kürzer als der
Schaft; der Scheitel ist divergirend längsgestreift, an den Hinterecken
des Kopfes sind diese Streifen quer und setzen sich als Längsstreifen an
der Unterseite des Kopfes in der Richtung nach vorne fort. Rostroth
oder röthlichgelb, der Hinterleib an der Endhälfte schwärzlich. Länge:
5—5·3 Mm. Batchian. (Nach Type.) *P. plagiaria* Smith. Proc. Linn.
Soc. V. Suppl. 1860. p. 112. *P. divergens* Mayr. Adn. M. Form. indo-neerl.
1867. p. 65.   *P. plagiaria* Smith.

Wenigstens das dritte und vierte Geisselglied nicht länger als dick . . 7

7. Das zweite Segment des Petiolus auffallend gross, mindestens dreimal so
breit wie das erste Segment und auch etwas länger wie dieses (sammt
dem Stielchen); der Scheitel nahe den Hinterecken des Kopfes grob
genetzt; Basalfläche des Metanotum (vor den Dornen) nicht quer concav. 8

— — — — — wie gewöhnlich, etwa doppelt so breit wie das erste Segment
und etwas kürzer als dieses; Basalfläche des Metanotum quer concav. 9

8. Schaft und Tibien reichlich abstehend behaart; das zweite Stielchensegment
seitlich stark abgerundet, oben in der Mitte glatt. Länge 5 Mm. Ceilon.
Rog. Berl. ent. Zeit. 1863. p. 195.   *P. latinoda* Rog.

— ohne abstehende Behaarung, Tibien mit einzelnen abstehenden Haaren;
zweites Stielchenglied jederseits deutlich in einen am Ende abgerundeten
Kegel verlängert, oben in der Mitte ebenso gerunzelt wie seitlich. Länge:
4·5 Mm. Calcutta.   *P. rhombinoda* **n. sp.**

9. Der kurze Schaft ist, zurückgelegt, mit seinem Ende den Augen viel näher
als den Hinterecken des Kopfes, er erreicht auch nicht den seichten
Quereindruck des Scheitels; der Kopf (ohne Mandibeln) ist deutlich länger
als breit. Länge 4·5 Mm., der Kopf mit den Mandibeln 2 Mm. Ceilon.
Rog. Berl. ent. Zeit. 1863. p. 195.   *P. sulcaticeps* Rog.

— längere, kaum abstehend behaarte Schaft ist, zurückgelegt, mit seinem
Ende von den Augen sowie von den Hinterecken des Kopfes ziemlich
gleichweit entfernt; der Kopf ist nicht oder kaum länger als breit; der

Scheitel hat keinen Quereindruck und ist hinten in der Mitte parallel längsgestreift, sogar sehr wenig nach hinten convergirend gestreift. Länge: 4·5—5·5 Mm., der Kopf mit den Mandibeln 2 Mm. lang. Calcutta.

P. indica n. sp.

Der ziemlich lange, reichlich abstehend behaarte Schaft ist, in die Fühlerfurche gelegt, mit seinem Ende den Hinterecken des Kopfes deutlich näher als den Augen; der Kopf ist etwas länger als breit, der Scheitel hat keinen oder kaum einen Quereindruck und ist hinten in der Mitte etwas divergirend und runzlich längsgestreift. Länge: 3·5—4 Mm. Java und Borneo. Mayr. Adn. M. Form. indo-neerl. 1867. p. 66.

P. javana Mayr.

Arbeiter.

1. Pronotum jederseits mit einem horizontalen, schief nach vorne und aussen gerichteten Zahne; Mesonotum mit zwei sehr kleinen aufrechten Zähnchen; Metanotum mit zwei langen Dornen; Fühler eilfgliedrig. Länge: 2·5 Mm. Vorderindien. *Oecodoma quadrispinosa* Jerdon Ann. Mag. N. H. Ser. II. Vol. XIII. p. 52. *P. quadrispinosa* Jerd.

— unbewehrt, ebenso das Mesonotum; Fühler zwölfgliedrig 2

2. Der Kopf ist hinten breit gerundet-gestutzt, daselbst so breit wie in der Mitte, er ist ziemlich glanzlos und längsgestreift; der Fühlerschaft reicht nicht bis zum Hinterrande des Kopfes, das zweite bis achte Geisselglied ist dicker als lang; das Mesonotum hat keinen Quereindruck. Länge: 1·6—1·8 Mm. *P. parva* Mayr.

— — — von den Augen bis zum Kopf-Thoraxgelenke allmälig verschmälert; der Schaft überragt den Hinterrand des Kopfes 3

3. Die hintere Hälfte des Kopfes ist längsgerunzelt. Länge: 2·5—3·2 Mm. *P. sulcaticeps* Rog.

— — — — — — ganz glatt 4

4. Die Mandibeln glatt; das Mesonotum in der Mitte mit einem sehr seichten, oft undeutlichen Quereindrucke; die Basalfläche des Metanotum ist fingerhutartig punktirt, ohne Querrunzeln. Länge: 2·4—2·7 Mm. *P. pusilla* Heer.

— — mindestens bis zur Mitte längsgestreift; das Mesonotum in der Mitte mit einem starken Quereindrucke 5

5. Die Basalfläche des fingerhutartig punktirten Metanotum jederseits mit einer deutlichen Längskante, welche sich von der Basis des Metanotum bis zu den Dörnchen erstreckt. Länge: 2·4 Mm. *P. javana* Mayr.

— — — Metanotum nicht mit Längskanten 6

6. Die Basalfläche des Metanotum von der Basis bis zur abschüssigen Fläche mit einer deutlichen Längsfurche. Länge: 3·5 Mm. *P. plagiaria* Smith.

— — — — ohne Längsfurche 7

7. Zweites Stielchenglied birnförmig-kugelig, so lang als breit, dreimal so breit
als das erste Glied; die Basalfläche des Metanotum ist quer convex, undeutlich und seicht lederig gerunzelt. Länge: 3 Mm.

P. latinoda Rog.

— — queroval, sehr deutlich breiter als lang, doppelt so breit als der
Knoten des ersten Stielchengliedes; die Basalfläche des Metanotum flach
und scharf fingerhutartig punktirt. Länge: 2·9—3 Mm.

P. indica n. sp.

Pheidole quadrispinosa Jerdon.

Oecodoma quadrispinosa Jerd. Ann. Mag. Nat. Hist. 2. Ser., Vol. XIII.
p. 52.

*Operaria: Nitida, rufa, rare castanea, antennis pedibusque testaceis;
disperse abstante pilosa absque pubescentia adpressa; mandibulae striatae et
insuper disperse rude punctatae, ante apicem sublaeves, margine masticatorio
denticulato antice dentibus majoribus; caput laeve punctulis dispersissimis
piligeris, cum mandibulis subcordiforme, thorace latius, postice parum emarginatum; clypeus convexus margine antico integro; laminae frontales breves,
subtiliter striolatae; area frontalis distincta, triangularis, paulo longior quam
latior; sulcus frontalis nullus; antennae 11articulatae, scapo modice
longo, funiculo articulo primo elongato, articulis 2.—6. minutis, paulo crassioribus quam longioribus, articulo septimo quam longo tam crasso; oculi in
capitis laterum medietate; pronotum valde superficialiter coriaceum, in longi-
tudinem fortiter convexum, dentibus duobus lateralibus robustis, antrorsum et
paulo extus directis; mesonotum subtiliter reticulato-punctatum, in medio toro
transverso bidenticulato; sutura meso- metanotalis angusta, modice profunda;
metanotum subtiliter reticulato-punctatum spinis duabus planitie metanoti
basali longioribus, acutis, gracilibus, divergentibus, oblique retro et sursum
directis, metanoti parte declivi laevi; petiolus subtiliter reticulato-punctulatus,
nodo antico vix emarginato, nodo postico globoso; abdomen laeve; pedes graciles, oblique abstante pilosi.*

Calcutta (Rothney).

Die mir vorliegenden Stücke stimmen so gut mit Jerdon's Beschreibung
überein, dass ich keinen Grund habe, sie nicht zu dieser Art zu stellen. Selbst
Jerdon's Angabe, dass die Metanotumdornen gekrümmt seien, stimmt so ziemlich überein, indem bei den meisten mir vorliegenden Exemplaren dieselben,
wohl nur sehr wenig, gekrümmt sind, während eines deutlich gekrümmte
Dornen hat.

Pheidolacanthinus armatus Smith (Proc. Linn. Soc. VIII. 1865.
p. 75) ist entweder der Soldat zur Jerdon'schen Art oder derselben nahe verwandt. *Myrmica quadrispinosa* Smith (Proc. Linn. Soc. VIII. 1865. p. 72)
gehört höchstwahrscheinlich ebenfalls zu *Pheidole* und könnte etwa für den
Arbeiter von *Pheidolacanthinus armatus* gehalten werden, wenn Smith nicht
angegeben hätte, dass die Fühler zwölfgliedrig seien.

Pheidole striativentris n. sp.

Miles: Long. 4·3 Mm. Ferrugineus, abdomine fusco-nigro basi castanea, pedibus testaceo-fuscis, tarsis testaceis; disperse pilosus antennarum scapo tibiisque haud abstante pilosis; mandibulae rugoso-striatae punctis rudibus dispersis, ad marginem externum laevigatae, margine masticatorio acuto antice bidentato; caput parum longius quam latius, longitrorsum striatum, clypeo in medio laevigato; sulcus antennalis longus et distinctus; funiculus articulis 2.—7. quam longis tam crassis; pronotum vix tuberculatum, fortiter transverse rugoso-striatum; mesonotum rugulosum, in medio sulco transverso; metanotum spinulis duabus erectis, modice divergentibus et rectis, planitie basali sulco lato longitudinali, subtilissime ruguloso-transverse-striata; petiolus subtiliter rugulosus, nodo postico utrinque coniforme producto, duplo latiore nodo antico; abdomen laeve et nitidum segmento primo tertia parte basali subopaca, subtiliter longitrorsum striolata et coriacea.

Calcutta (Rothney).

Pheidole rhombinoda n. sp.

Miles: Long. 4·5 Mm. Castaneus, antennarum funiculo pedibusque pallidioribus, capite obscuriore; modice pilosus tibiis pilis nonnullis oblique abstantibus, scapo haud abstante piloso; mandibulae laevigatae punctis nonnullis, ad basim extus striatae, margine masticatorio acuto, antice bidentato; caput vix longius quam latius, fortiter longitudinaliter striatum, pone oculos et ad capitis angulos posticos rude reticulatum, clypeo in medio laevigato, margine antico in medio exciso; sulcus antennalis longus et distinctus; funiculus articulis 2.—8. quam longis tam crassis; pronotum utrimque tuberculo minuto, tansverse et paulo reticulato-rugosum; mesonotum irregulariter rugulosum, paulo pone medium sulco transverso profundo; metanotum spinulis duabus rubrectis, fortiter divergentibus et rectis, planitie basali plana, transverse sugulosa, planitie declivi laevigata; thoracis latera rugulosa, postice magis subtiliter et dense punctulata; petioli nodus anticus subtiliter coriaceus, nodus posticus coriaceus et supra insuper transverse rugulosus, permagnus, petioli segmento antico toto paulo longior et triplo crassior, utrimque in conulum productus et ita rhomboides, angulis antico et postico rotundato-obtusissimis angulis lateralibus acutis; abdomen laeve et nitidum segmento primo quarta parte basali longitudinaliter striolata et subopaca.

Calcutta (Rothney).

Der folgenden Art (*P. indica*) sehr ähnlich, aber besonders durch das grosse zweite Stielchenglied und den an der Basis gestreiften Hinterleib leicht zu unterscheiden. Dem hier beschriebenen Soldaten waren auch Arbeiter beigegeben, die aber des zweiten Stielchengliedes wegen wohl nicht zu dieser Art gehören dürften; sie unterscheiden sich von den Arbeitern von *P. indica* nur dadurch, dass die Basalfläche des Metanotum nebst der fingerhutartigen Punktirung auch Querrunzeln hat.

Pheidole indica n. sp.

Milis: Long. 4·5—5·5 Mm. Castaneo-fuscus, thorace postice magis ferrugineo, antennis pedibusque fusco-testaceis, partim testaceo-fuscis; pilosus scapo pedibusque pilis oblique abstantibus; mandibulae laevigatae punctis nonnullis, ad basim extus striatae, margine masticatorio acuto antice bidentato; caput vix longius quam latius, fortiter longitrorsum striatum, ad latera striis paulo anastomosantibus et interstitiis subtiliter coriaceis, clypeo in medio laevigato, margine antico in medio exciso; sulcus antennalis longus et distinctus; funiculus articulis secundo et tertio quam longis tam crassis; pronotum rugoso-striatum, supra rugulis transversis plus minusve dispersis, utrimque tuberculo obtusissimo, paulo elevato; mesonotum rugulosum, partim sublaevigatum, paulo pone medium sulco transverso; metanotum spinulis duabus subrectis, parum divergentibus, planitie basali et inter spinas sublaevigatum et transverse rugulosum; petioli subtiliter rugulosi et coriacei nodus posticus transversus, utrinque coniformis, rhomboides, angulis antico et postico rotundato-obtusissimis, angulis lateralibus acutis, plus duplo latior quam longior, segmento petioli antico toto paulo brevior; abdomen laeve.

Operaria: Long. 2·9—3 Mm. Rufo-testacea, capite abdomineque fuscis; nitida, pilosa, scapo tibiisque pilis oblique abstantibus; mandibulae longitudinaliter striatae, prope marginem masticatorium denticulatum laevigatae; caput laeve pone oculos sensim arcuatim angustatum, spatio inter oculum et fossam antennalem striolis nonnullis; antennarum scapus longus, capitis marginem posticum superans; pronotum cum mesonoti parte antica ante sulcum transversum ad unum subsemiglobosum et laeve; mesonotum parte postica coriacea, lateribus acute reticulato-punctatis; metanotum acute reticulato-punctatum spinulis duabus erectis, subparallelis, planitie basali plana, longiore quam latiore; petioli laevigati nodus posticus transverse ovatus, nodo antico duplo latior; abdomen laeve.

Femina: Long. 8·5 Mm. Nitida, fusca, mandibulis, antennis, capitis dimidio antico, thoracis lateribus et metanoto, tibiis et tarsis plus minusve ferrugineis; pilosa scapo tibiisque pilis abstantibus; mandibulae ut in milite; caput trapezoideum, postice latius, angulis posticis rotundatis, paulo latius quam longius, sculptura ut in milite; sulcus antennalis fere ad capitis marginem posticum extensus: funiculi articuli 2.— circiter 4. breviores quam crassiores, articuli 5.—8. circiter quam longi tam crassi; thorax fortiter depressus, pronoto ad latera rugulis obliquis, mesonoto longitudinaliter striato, partim laevigato, scutello laevi, metanoto spinis duabus retro et paulo sursum directis, parallelis, inter spinas laevigato, lateraliter rugoso-striato; petioli nodus posticus subtiliter transverse rugulosus, transversus, nodo antico duplo latior, utrimque in conulum productus; abdomen laeve (indistincte subtilissime coriaceum); alae hyalinae costis et pterostigmate testaceis.

Calcutta (Rothney).

Cremastogaster.

Die Arbeiter der von mir untersuchten asiatischen Arten lassen sich in folgender Weise unterscheiden:

1. Metanotum geschwollen, mit zwei gerundeten Höckern statt der Dornen; erstes Stielchenglied deutlich länger als breit, zweites Glied oben ohne Längsfurche 2
— nicht geschwollen 3
2. Braun, das sehr stark aufgeblasene Metanotum gelb; der Clypeus, der grösste Theil der Wangen, das Pronotum und Metanotum glatt. Birma, Singapore, Borneo. Smith, Cat. Brit. Mus. p. 136, Pl. IX Fig. 1. *C. inflata* Smith.
—, das mässig geschwollene Metanotum so wie der übrige Körper gefärbt, der Clypeus und die Wangen längsgestreift, das Pronotum und Mesonotum längsgerunzelt. Singapore, Borneo, Celebes. Smith, Cat. Br. M. p. 137.
C. difformis Smith.
3. Metanotum mit zwei spitzigen Dornen 4
— nicht mit zwei spitzigen Dornen; der Thorax oben glatt; das zweite Stielchenglied oben mit einer tiefen Längsfurche 15
4. Zweites Stielchenglied oben mit einer ganz durchlaufenden, tiefen Längsfurche 5
— — ohne oder kaum mit einer Spur einer Längsfurche, rückwärts öfters mit einem Eindrucke 13
5. Der grösste Theil des Körpers ist spiegelglatt; das erste Stielchenglied ist rhombisch oder nahezu quadratisch, wenn man das vordere und hintere Ende des Gliedes als Ecken annimmt. Ceilon. Mayr, zool-botan. Ges. 1868, p. 287. *C. Ransonneti* Mayr.
Der Thorax ist nicht glatt 6
6. Die Vorderhälfte des ersten Stielchengliedes ist halbkreisförmig, der halbkreisförmige Rand endet jederseits in eine deutliche, stumpfwinklige Ecke, welche ziemlich in der Mitte der Seiten des ersten Gliedes des Petiolus liegt. 7
Das erste Stielchenglied ist verkehrt-trapezförmig und hat entweder sehr stark abgerundete Vorderecken, oder diese liegen weniger gerundet ganz vorne; die Metanotumdornen sind kürzer, als ihre Entfernung von einander an ihrer Basis beträgt 10
7. Die hintere Hälfte des Kopfes ist glatt; die Tibien sind nicht abstehend behaart; der Körper ist braun mit braunschwarzem Hinterleibe oder er ist pechschwarz, das 2.—4. Glied der Tarsen ist mehr oder weniger deutlich blass gefärbt 8
Der ganze Kopf ist längsgerunzelt oder längsgestreift 9
8. Die Metanotumdornen sind gerade, mässig divergirend; der Körper ist kastanienbraun, die Fühlergeissel blasser, die Mandibeln gelbroth und der Hinterleib braunschwarz. Länge: 3·3—3·5 Mm. Calcutta.
C. subnuda **n. sp.**

Die Metanotumdornen sind sehr deutlich gekrümmt, an der Basalhälfte dick, die Apicalenden derselben sind einander nahezu parallel; der Körper ist pechschwarz. Länge: 3·8 Mm. Singapore, Ceilon. Smith, Cat. Br. Mus. p. 136. *C. anthracina* Smith.

9. Dunkel rostroth, der Hinterleib braun: Schaft und Tibien abstehend behaart; die hintere Hälfte des Kopfes ist runzelig-längsgestreift, das Pronotum grob unregelmässig und genetzt gerunzelt. Ceilon. *C. Dohrni* **n. sp.**

Rothgelb, der Hinterleib braun oder schwarz, oft mit gelber Basis; die Tibien nicht abstehend behaart; der ganze Kopf gestreift, das Pronotum längsgerunzelt. Birma, Calcutta, Ceilon. *C. Rogenhoferi* **n. sp.**

10. Der ganze Kopf mit deutlicher Sculptur; die Metanotumdornen kürzer als die Entfernung derselben von einander an ihrer Basis 11

Die hintere Hälfte des Kopfes glatt; die Tibien nicht abstehend behaart. 12

11. Der ganze Kopf längsgestreift, das Pronotum grob genetzt, die Basalfläche des Metanotum längsgestreift; der Körper rothgelb mit braunem Hinterleibe. Länge: 3·2—5·2 Mm. Siam, Singapore. *C. artifex* **n. sp.**

Der Kopf und der Thorax oben sehr deutlich fein genetzt; der Körper ist gelblichroth, die obere Fläche des Kopfes und des Thorax bräunlich, der Hinterleib schwarzbraun. Länge: 3·3—3·5 Mm. Calcutta.
C. Rothneyi **n. sp.**

12. Die Metanotumdornen viel kürzer als der Seitenrand der Basalfläche des Metanotum; der Körper ist bräunlichgelb; Scheitel mit drei Ocellen (ob immer?). Manilla. Mayr, Myrm. Stud. p. 118. *C. ochracea* Mayr.¹)

— — etwas länger als der Seitenrand der Basalfläche des Metanotum; Kopf und Hinterleib braun; Scheitel ohne Ocellen (ob immer?). Calcutta.
C. contemta **n. sp.**

13. Erstes Stielchenglied verkehrt-trapezförmig oder nahezu kreisrund; der Thorax oben nicht glatt 14

— — gleichbreit, mit stark abgerundeten Vorderecken; der Thorax oben glatt, nur die Basis des Metanotum ist sehr fein gestreift, das Pronotum und Mesonotum gehen fast ohne Grenze in einander über. Australasiatische Inseln. Smith, Proc. Linn. Soc. V. 1860. p. 109; Mayr, Adn. Mon. F. indo-neerl. p. 71. *C. bicolor* Smith.

14. Metanotumdornen länger als die Entfernung derselben an ihrer Basis; erstes Stielchenglied ziemlich verkehrt-trapezförmig. Borneo. Mayr, Form. born. p. 24. *C. coriaria* Mayr.

— viel kürzer als die Entfernung derselben an ihrer Basis; erstes Glied des Petiolus nahezu kreisrund. Borneo. *C. subcircularis* **n., sp.**

15. Das Metanotum, von der Seite gesehen, winkelig, es hat zwei kleine Höcker anstatt der Dornen; das erste Stielchenglied ist ziemlich breit, an der vorderen Hälfte mit halbkreisförmigem Rande; die Tibien sehr deutlich

---

¹) In meinen Myrm. Stud. p. 118 (766) vorletzte Zeile soll es statt „Knoten" heissen: „Kauten".

abstehend behaart. Turkestan. Mayr, Fedtschenko's Reise nach Turkestan, Form. p. 19.   *C. subdentata* Mayr.

Das Metanotum, von der Seite gesehen, schief abfallend, ohne deutliche Basalfläche, ohne Dornen und ohne Höcker; das erste Stielchenglied ist verkehrt-trapezförmig, mit abgerundeten Vorderecken und ziemlich geradem Vorderrande; die Tibien ziemlich anliegend behaart. Sinai. Mayr, Myrm. Stud. p. 118.   *C. inermis* Mayr.

Cremastogaster subnuda n. sp.

Operaria: Long. 3·3—3·5 Mm. Nitida, castaneo-fusca, antennarum funiculo pallidiore, abdomine nigro-fusco, mandibulis testaceo-ferrugineis, tarsorum articulis 2.—4. rufo-testaceis; haud aut vix abstante pilosa et dispersissime adpresse pubescens; mandibulae punctis dispersissimis, dimidio basali striolato, dimidio apicali laevigato; caput laeve, clypeo, genis et fronte prope laminas frontales longitrorsum-, fossis antennalibus curvatim striatis, vertice solummodo prope oculos subtiliter longitudinaliter ruguloso-striato; funiculi clava triarticulata; pronotum et mesonotum supra partim longitrorsum rugosa partim coriacea, ille supra deplanatum utrinque angulo obtuso, hoc supra utrinque carinula longitudinali; metanotum spinis duabus modice divergentibus, rectis, haud longis, planitie basali longitrorsum rugulosa, planitie declivi laevissima; petioli segmentum anticum supra paulo transverse concaviusculum et subtiliter coriaceum, antice semicirculare angulis lateralibus obtusis distinctis in laterum segmenti medio sitis, segmentum posticum subtiliter longitrorsum rugulosum, supra sulco mediano longitudinali profundo; abdomen subtilissime coriaceum, segmento primo laevi.

Calcutta (Rothney).

Ich hatte nur zwei Stücke zur Untersuchung.

Cremastogaster anthracina Smith.

Cat. Br. Mus. p. 136 (nec Mayr, Form. born. p. 24).

Von dieser Art besitze und kenne ich nur einen Arbeiter (ohne Fühler) aus Ceilon, den ich von Dr. Roger unter obigem Namen erhielt.

Cremastogaster Dohrni n. sp.

Operaria: Long. 3·5—5 Mm. Obscure ferruginea, antennarum clava atque tarsis pallidioribus, abdomine fusco antice pallidiore; abstante pilosa, antennarum scapo atque tibiis pilis oblique abstantibus; mandibulae dense striatae punctis dispersis; caput totum subopacum, subtiliter longitrorsum — postice divergenter rugoso-striatum; funiculi clava triarticulata; pronotum subopacum, rude reticulato-rugosum interstitiis subtiliter coriaceis, supra parum convexum, lateraliter arcuatum; mesonotum aut solummodo coriaceum aut etiam irregulariter rugulosum, inter carinas longitudinales laterales rectangulare,

*paulo longius quam latius, margine antico arcuato, transverse distincte con-
cavum; metanotum spinis duabus modice longis, retro et paulo sursum directis,
aequilongis vel subaequilongis quam inter se distantibus, metanoti pars basalis
longitudinaliter rugosa, pars declivis infra laevis et nitida; petioli segmentum
anticum margine antico fere complete semicirculari, angulis lateralibus obtusis,
distinctis, in laterum segmenti medio sitis, marginibus lateralibus posticis
retrorsum convergentibus et paulo arcuatim emarginatis, segmentum posticum
supra sulco profundo longitudinali; abdomen nitidum et subtilissime coriaceum.*

Aus Ceilon, von Herrn Dr. C. A. Dohrn erhalten.

Ich habe bis jetzt diese sowie die zwei folgenden Arten für *Crem. Kirbyi*
Sykes gehalten. Letztere Art dürfte in Anbetracht, dass mehrere Arten ähnlich
wie diese gefärbt sind, auch sehr ähuliche Nester auf Bäumen oder Sträuchern
bauen, und dass Sykes's Beschreibung gar keinen wesentlichen Artcharakter
anführt, eine unentzifferbare Art bleiben, wenn nicht die vielleicht noch vor-
handenen typischen Exemplare untersucht werden.

Cremastogaster Rogenhoferi n. sp.

*Operaria: Long. 3·8—4·4 Mm. Rufa aut rufo-ferruginea, abdomine
fusco aut nigro basi plus minusve pallidiore; modice abstante pilosa tibiis
solummodo pilis haud longis adpressis aut subadpressis; caput totum subopacum et subtiliter longitrorsum postice divergenter striatum; funiculus clava
triarticulata; pronotum longitrorsum rarissime partim transverse rugosum
interstitiis coriaceis, supra parum convexum, lateraliter arcuatum; mesonotum
coriaceum, partim longitudinaliter rugulosum, inter carinas longitudinales
laterales subquadratum, margine antico arcuato et transverse distincte concavo;
metanotum spinis duabus aequilongis aut solummodo paulo brevioribus quam
inter se distantibus, planitie basali longitrorsum parum convexa et longitudinaliter striata, planitie declivi laevi et nitida; petioli segmentum anticum
margine antico fere complete semicirculari, angulis lateralibus obtusis sed
distinctis, in laterum segmenti medio sitis, marginibus lateralibus posticis
retrorsum convergentibus et arcuatim emarginatis, segmentum posticum supra
sulco longitudinali profundo; abdomen nitidum et subtilissime coriaceum.*

Im zoologischen Hofcabinete in Wien findet sich ein von Herrn Baron
Ransonnet aus Molmein in Britisch-Birma mitgebrachter Nestbau dieser
Art; die Beschreibung derselben ist auf jene Thiere basirt, welche ich diesem
Neste entnommen habe. Einen Arbeiter besitze ich aus Ceilon von Dr. Roger
und zwei aus Calcutta von Herrn Rothney.

Dieses Nest ist ziemlich eiförmig, 23 Cm. lang, etwa 20 Cm. breit, von
brauner Farbe und von sich gabelnden Aesten und Zweigen durchsetzt. Es
besteht aus nicht elastischen Platten von der Dicke starken Kartenpapieres, die bei
mikroskopischer Untersuchung aus pflanzlichen Faserzellen und aus Bündeln derselben sich zusammengesetzt erweisen, welche filzartig mitsammen verbunden und
durch einen Kitt oder Leim zu einer starren Masse geworden sind. Diese Platten
oder Krusten, welche das Aussehen von graubraunem dicken, steifen Löschpapier

haben, bilden Wände und Scheidewände in verschiedener Art verbunden und gebogen, und haben verschieden grosse Löcher und Spalten, die in das Innere, welches wohl ebenso gebaut sein dürfte, führen. Auffallend sind besonders an der oberen Hälfte des Baues, welche dem Regen am meisten ausgesetzt ist, etwa 3 Cm. breite, leistenartige, ziemlich horizontal, aber doch wellig verlaufende, nach unten und aussen gerichtete vordachartige Platten, welche den aussen am Baue sitzenden Thieren sowie dem ganzen Neste Schutz gegen Regen bieten.

Cremastogaster artifex n. sp.

Operaria: Long. 3·2—5·2 Mm. Rufa aut rufo-flava abdomine fusco aut nigro, basi saepe pallidiore; longe abstante pilosa tibiis oblique abstante pilosis; mandibulae dense striatae punctis dispersis; caput totum subopacum, subtiliter longitrorsum — postice divergenter striatum; funiculus clava triarticulata; pronotum subopacum, rude irregulariter partim reticulatim rugosum interstitiis subtiliter coriaceis, supra parum convexum, lateraliter arcuatum; mesonotum subtiliter coriaceum, nonnunquam paulo longitrorsum striolatum, inter carinas longitudinales laterales subquadratum, margine antico arcuato et transverse paulo concavum; metanotum spinis duabus mediocribus, retro et paulo sursum directis, brevioribus quam inter se distantibus, metanoti planities basalis longitudinaliter striata, pars declivis laevis et nitida; petioli segmentum anticum latius quam longius, antice latius quam postice, angulis anticis nullis, marginibus lateralibus dimidio antico fortiter arcuatis, dimidio postico rectis et retrorsum convergentibus, segmentum posticum supra sulco profundo longitudinali; abdomen nitidum et subtilissime coriaceum.

Mas.: Long. 3·5 Mm. Testaceus, capite fusco aut nigro-fusco, clypeo pallidiore, abdomine fusco-testaceo aut fusco; corpus totum abstante pilosum, laeve et nitidum; mandibulae parum curvatae a basi ad apicem sensim angustatae, apice acuto; antennae 12 articulatae, breves, incrassatae, filiformes scapo vix 1¹/₂ longiore quam crassiore, funiculo articulo primo globoso, ceteris cylindricis, densissime et brevissime abstante pilosis, articulo secundo et tertio coalitis, ad unum fere duplo longioribus quam crassioribus, articulis quarto et quinto haud vel parum longioribus quam crassioribus, articulis ceteris circiter duplo longioribus quam crassioribus; metanotum inerme; petioli segmentum anticum, a supero visum, quadratum angulis rotundatis, segmentum posticum transverse ovatum, supra absque sulco logitudinali; alae hyalinae costis testaceis.

Das zoologische Hofcabinet in Wien besitzt zwei von Herrn Baron Ransonnet bei Bankok in Siam und bei Changi auf Singapore gesammelte Nestbauten dieser Art.

Das grössere Nest aus Bankok ist regelmässig eiförmig, 18 Cm. lang und 13 Cm. dick, es besteht aus einer braungrauen papierfilzartigen Masse, welche viele kleine 3—4 Mm. weite, mehr oder weniger runde Oeffnungen, die einigermassen gleichförmig vertheilt sind, enthält. Am oberen Theile des Nestes liegt noch eine mehr braun gefärbte Papierfilzkruste ziemlich lose auf und es ist wohl wahrscheinlich, dass der ganze Bau mit einer solchen Kruste bedeckt war. Die zerstreuten Oeffnungen sind etwas grösser und gegen Regen durch sehr wenig vorspringende Plättchen geschützt. Das ganze Nest ist über einen 3 Cm. dicken Ast oder Stamm an der Stelle gebaut, wo mehrere Zweige abgehen, so dass in den unteren Theil des Baues der Ast oder Stamm eindringt und an der oberen Hälfte die Zweige aus demselben hervortreten.

Das andere Nest aus Singapore ist ebenfalls eiförmig, 11 Cm. lang und etwa 8 Cm. dick und umgibt ebenfalls einen ziemlich dünnen Ast (einer andern Pflanzengruppe angehörig) an der Stelle, wo er sich in mehrere Zweige theilt.

Der grösste mir vorliegende Arbeiter hat drei deutlich entwickelte Ocellen.

Cremastogaster Rothneyi n. sp.

Operaria: Long. 3·3—3·5 Mm. Rufo-ferruginea, capitis et thoracis parte superiore pedibusque fuscescentibus, abdomine nigro-fusco, antennarum funiculo tarsisque testaceis; sparse pilosa tibiis pilis abstantibus; mandibulae striatae: caput et thorax subopaca, subtiliter haud profunde reticulato-punctulata et insuper rugulis subtilibus longitudinalibus, aut solummodo capite antice; clypeus solummodo striis longitudinalibus; funiculi clava elongata et distinctissime triarticulata; metanotum spinis duabus subparallelis, acutis, modice longis, retro directis; petioli segmentum anticum subtiliter reticulato-coriaceum, nitidum, obtrapezoideum, segmentum posticum densissime reticulato-punctulatum, supra sulco profundo longitudinali; abdomen sublaeve et nitidum.

Calcutta (Rothney).

Cremastogaster contemta n. sp.

Operaria: Long. 3·1 Mm. Crem. subnudae simillima differt colore fuscescenti-rufo, capite et abdomine fusco-castaneis, pronoto et mesonoto subtiliter coriaceis striis nonnullis longitudinalibus, mesonoto postice minus distincte impresso, petioli segmento antico obtrapezoidali, angulis anticis rotundatis.

Calcutta (Rothney).

Das erste Stielchensegment ist so geformt wie bei *Crem. scutellaris*, also genau verkehrt trapezförmig mit abgerundeten vorderen Ecken.

Crem. brunnea Smith aus Borneo scheint dieser Art nahe zu stehen.

Cremastogaster subcircularis n. sp.

Operaria: Long. 3—3·2 Mm. Fusco-castanea, abdomine postice obscuriore; disperssissime abstante pilosa, antennis praecipue funiculo copiose pilosis, tibiis pilis brevibus parum abstantibus; mandibulae dense striatae; caput dimidio antico subtiliter et longitrorsum striatum, dimidio postico sublaeve (indistincte et microscopice coriaceum), aut cum aut absque ocello mediano; funiculi clava triarticulata; pronotum et mesonotum coriacea et plus minusve longitudinaliter rugulosa, deplanata, ille lateraliter rotundatum, hoc subquadratum margine antico arcuato, utrinque carina longitudinali, postice utrinque tuberculo minuto; metanotum spinis duabus brevibus subhorizontalibus retro et parum sursum directis, parum divergentibus, parte basali fortiter longitrorsum rugoso-striata, parte declivi laevi; petioli laevigati segmentum anticum deplanatum, subcirculare, antice paulo latius quam postice, segmentum posticum nodiforme, latius quam longius, supra in medio absque sulco, sed postice impressione minuta distincta; abdomen laeve.

Borneo (Museo civico in Genua).

Ich habe diese Art bei Bearbeitung der Form. born. 1872 für *C. anthracina* gehalten, doch sehe ich jetzt bei reichlicherem Materiale, dass diese Ansicht irrig war.